한국이 싫어서

장강명

本書は刊行にあたって韓国文学翻訳院の助成を受けています。

タートルマン

ジミョンとは、オーストラリアに行く日に仁川《インチョン》空港で公式に別れたんだよね。あの日、ジミョンがお父さんに借りた車で空港まで送ってくれた。ビンボーこのうえない我が家ときたら、五人も家族がいるのに車一台なかったからね。ジミョンがいなかったら、くたびれた巨大な移民カバンとスーツケースを空港まで引きずっていくのに一苦労したはず。

ジミョンが運転席で、私は助手席、うちの両親は後部座席に座っていた。移民カバンと荷物はトランクに詰めて。どうにも決まりの悪い旅立ちだった。母さんったら後部座席で「ケナ、辛くなったらいつでも戻っておいで。向こうでも元気で、食べることだけはけちけちしないで三度のご飯をちゃんと食べるんだよ……」というレパートリーを三回も繰り返していた。

搭乗手続きのカウンターで重量制限に引っかかって、移民カバンを開けて底にあった本を何冊か引っ張り出さなきゃいけなかった。父さんはその本を風呂敷で包むみたいにヤッケでくるくる包んで、胸に抱きしめていた。

「君は、また戻ってくる。僕にはわかるよ。それまで待っているから」

出国ゲートの前でジミョンが私を抱きしめて言った。両親は何歩か離れたところで驚いてその光景を見ていたな。

私はジミョンの頬から自分の顔を離した。すでにヤツのこと憎らしくなってたもんね。そんなこと言うなんて。あんたとは、これでほんとに終わり。公式のお別れです。そう考えながら出国ゲートをくぐった。

保安検査の列に並ぶ前に、後ろを振り返ったら、母さんがガラス窓の向こうで休みなく手を振っていた。目が合うと何か言っているみたいだったけどたぶん「辛くなったらいつでも戻っておいで。向こうでも元気で、食べることだけはけちけちしないで三度のご飯をちゃんと食べるんだよ……」だったと思う。父さんは服で包んだ本を手に、身を乗り出して立っていた。悲しそうな顔で。

ジミョンは、その横で泣いていた。


なんで韓国を出ていくのかって。簡潔に言えば「韓国が嫌いで」だ。もうちょっとくわしく言えば「こんなところで生きていけないから」。むやみに非難しないでほしい。自分が生まれた国だって、嫌いになることもあるでしょ。それがどうしていけないわけ?「韓国人を殺せ。大使館に火をつけろ」って、煽動しているわけじゃあるまいし。不買運動か何か始めるわけでもないし、自分らの国旗を燃やすわけでもない。アメリカが嫌いだって言うアメリカ人や、日本が恥ずかしいって言う日本人相手に「常識あるな」ってうなずく人も、けっこういるよね。

ここでは生きていけないって考えたのは……私って本当に韓国では使えない人間なんだよ。絶滅危惧種の動物みたい。めっちゃ寒がりだし、必死に生き抜いているってわけでもないし、親から譲り受けたのは雀の涙。自分のことは棚に上げて、そのくせ文句は多くて。職場は通勤距離が大切だとか、家の近くには文化施設が多いほうがいいだとか、今しているることが自己実現につながることがいいだとか、やたらとそんなこと気にして。

アフリカの草原のドキュメンタリーを見ていると、ライオンに食われる動物が絶対出てくるでしょ、トムソンガゼル。あの子たち、ライオンが近づくときにおかしな方向に飛び出して捕まる子が必ずいるじゃない、私ってそういうガゼルみたい。ひと様と同じようにできなくて、ここは日当たりが悪いとか、あっちは草が固いだとかなんとか言いながら群れから離れていると標的にされるってわけ。

でもね、私がそんなガゼルだったとして、ライオンが来るのに黙って突っ立っているはずないじゃん。死に物狂いで逃げ出してみなきゃわからないでしょ。それで私は韓国を抜け出すことになったのね。

逃げ出さないで真っ向から闘って勝つのがかっこいいって、私もわかってるけど……。だから、どうしろっつーの。仲間のトムソンガゼルと連帯してライオンに立ち向かえって?

入国審査ゲートの前に立っているとき急に生理が始まった。並びなおす時間がもったいなくてトイレに行こうかどうしようか迷ったけど、躊躇している場合じゃなかった。生ガキみたいなものが今にも体から抜け出そうとしていた。トイレに行ってみるとパンツにはかなり血がひろがっていた。バッグにはナプキンがひとつだけあったけど替えのパンツは入っていない。トイレットペーパーでできるだけ血をふき取って、ナプキンをつけた。他にどうしようもないじゃん。

ストレスのせいで生理が早く始まったみたい。実のところ、飛行機の中からすでに心が縮こまっていた。「ウッジュー　ライク　サムシン　トゥ　ドリンク?」って言葉が聞き取れなかったもんね。CAは同じ質問を三度繰り返して、結局コーラを置いて行ってしまった。

ドキドキする胸をなだめながら、訪問の目的は何ですか、この国は初めてですか、みたいな質問を待っていたのに、移民局の職員は何も聞かなかったよ。パスポートの写真を一回、私の顔を一回見て興味なさそうに、サンキュー、それでパスポートを返してくれただけ。パスポートを受け取って何歩か進んでから「ウェルカム」だとか「ハブ　ア　ナイスデイ」だとか言うべきだったと気づいた。ひとりで小さい声でつぶやいたよね。自分に向かって。「ハブ　ア　ナイス　デイ」。

そうして、血を流しながら国境を越えた。

移民カバンは、今にもはち切れそうにぱんぱんだった。ターンテーブルからカバンを下すときには、一度では下せなくて、逆に私の方がベルトコンベアにひきずりあげられるところだった。くたびれた移民カバンのキャスターがキイキイ鳴っていたけど、その音がためっちゃ大きく聞こえたなあ。

カバンからパンツを引っ張り出してトイレで履き替えようと思ったんだけど、それは不可能だった。スーツケースと移民カバンが大きすぎて、それを持って個室に入ることができなかったんだ。荷物を預かってくれる同行者もいないし。しかたなく血でぬれたパンツを履いたまま税関通過。「ナッシング　トゥ　ディクレア」という表現を口の中で繰り返して歩いて行ったのに、税関職員は私の荷物を指さしてひとこと。

「キムチ？　ノー　キムチ？」

留学院を運営する夫婦が空港へ迎えに来てくれていて、その前でパンツを引っ張り出すのはなんだか恥ずかしい。とうとうパンツを履き替えないで車に乗った。夫婦に連れて行かれたところは一週間泊まる臨時の寄宿舎、庭園とガレージのある二階建て住宅で、同じような赤い屋根の家が集まった風景は、なんだか絵画みたいだった。

「きれいでしょう？　住むところが決まらなかったらずっとこの家に泊まっていてもいいのよ。レンタル料金は安く調整してあげるから」

おしゃべりな奥さんが車から降りるときに言った。その時になってようやく少し気持ちが盛り上がった。

しかし、奥さんはその家の正門に入らなかった。夫人が開けたのは家の横の車庫だった。五坪ばかりの車庫を改造して、そこに机とベッドを置いて貸していたのだ。その臨時寄宿舎の宿泊費がちょっとしたビジネスホテルよりも高いと気付くのは、もう少し後の話。

移民に出なくてはと考える前には、よく五十くらいでリタイアして済州島《チェジュ》で暮らす想像をしていた。こんな風に。

それまでに貯めたお金で済州島の安いマンションを買うのだ。そこで暮らしたら、きっと規則正しく毎日一定の時間に目覚めて、一定の時間に寝るのだ。そして家で料理をする。毎食のおかずはシンプルに二、三種類だけにして、それも自分で料理しよう。フライドチキンが食べたければ買って食べることもあるだろう。修道女みたいに暮らすわけじゃない。何もない日にはそうやって朝食をすまして、コーヒーを一杯飲みながら本をちょっと読んで、外に出て海辺でジョギングをするんだ。スポーツクラブにお金をかける余裕はないだろうから。外に出てストレッチとジョギングをしなくちゃ。それから図書館に行って本を借りる。だから本はたくさん読むだろう、それに楽器も習おう。時間はたくさんあるから、二種類くらい習ってもいい。練習もいっぱいできるだろう、時間はたくさんあるから。

それから、サンチュなんかを菜園で育てたくもなる。考えてみて。私が水をやって、その水をやった子が実をつける。すてきじゃない？　農業はそんな生易しくないっていうけど、それは生計を立てようとするから難しいのであって、私はたぶん一日二、三十分腰をかがめて土をちょっと耕してやるだけだろうから、そんなに難しくもないだろう。そのくらいのことならできると思う。それから水泳を習って、水の中で自由にすいすい泳ぎたい。プールでターンして人魚姫みたいに長く潜水もして。

そしてソウルには一年に一度だけ上京する。その分、一度上京したら一週間くらい泊まってもいい。その時に家族にも会って必要なものも買って、コンサートに行くかもしれないし友達にも会うでしょ。そうやって暮らして、六十になったら死ぬんだ。それ以上長生きしてどうすんの。そうやって十年暮らせたら十分。冷静に考えてみれば、今こんなに必死に会社に通っているのだって、老後を楽に暮らそうと思うからでしょ。ところが、実際にはリタイアが遅くなればなるほどお金がかかる。なぜなら年を取ると体があちこち故障するから。病院にもいかなくちゃいけないし、リハビリもしなくちゃいけない。早めにリタイアすれば、そうした自由な生活を健康な体で送ることができる。

　どうせ死ぬときには自殺しなくちゃなあって、決心してたんだよね。よぼよぼになって九十とか百歳まで生きるなんて考えただけでぞっとする。だとしたら六十で自殺しようが七十で自殺しようが同じじゃない？　あと五年早くリタイアしたらどうかな？　四十五から十年間のんびりと生きて、五十五歳で死ぬのもありだね。うん、美しい。

　韓国で会社に通っていたときには、毎日泣きながら通っていた。会社の仕事よりも通勤が辛くて。朝の地下鉄二号線に乗って阿峴《アヒョン》駅から駅三《ヨクサム》駅まで新道林《シンドリム》駅経由で行ったことある？　人間性だとか尊厳がどうのこうのなんて言葉、生存問題の前では全部ただのお飾りだと身をもって知るようになるから。

　新道林から舎堂《サダン》までは体を挟み込む隙間もなくて、鎖骨が折れそうだった。人に押しつぶされて。そうやって地下鉄に乗るたびに考える。私、前世で何の罪を犯したのかな。国を食い物にしたのかな。保険金詐欺でもやらかした？　周りの人たちを見ながらも考える。

あんたたちは何の罪を犯したの?

女たちに向かって子どもをたくさん産めという人は、ラッシュアワーの地下鉄二号線に一度乗ってみるがいい。新道林から舎堂まで何度か通ってみれば、あの超低出産率って話が自然と理解できるでしょうよ。ま、そんなこと言っている人間たちは地下鉄通勤なんてしないだろうけど。

私が勤めていたのはW総合金融という会社だった。単純に、大企業に全部落ちて、もうどこでもいいやって気持ちで入ることになった会社。当時はW総合金融って名前だったけど、後からW証券に名前を変えた。そう、何年か前にW証券スキャンダルって、社員がたくさん自殺した会社。

「資格もなしにどうやって金融会社に就職したの」ってみんなからよく聞かれたけど、どうやって合格したのか、私だってわからない。私たちはみんな、自分がどうやって会社に合格したのか、それともどうして合格できなかったのかわからないでしょ。社長が志願者の顔を見て適当に選んでるんじゃなかろうか。

で、そのW総合金融は、名前こそ金融業だけど給与の面ではめっちゃ渋くて、業界の評価もイマイチだった。金融業界に行きたがっている学生たちにとっては信用金庫よりはちょっと上の会社、って感じ。私にはありがたき幸せだったけど。だって、正直言って、私なんて道端の石ころくらいどこにでもいる人間だもん。ちっぽけな、人様よりご立派なところなんてひとつもない人間だからさ。

ともかく、大学を卒業してすぐに就職して一息ついた。W証券じゃなくて、他のところに合格したとしてもどこでも行っていたと思う。そうなったらなったで、人生がまったく別物になっていただけで。自分の長期的なキャリアを考えてみたことは一度もない。ただ、プータローにならずに、毎月給料をもらうことが大事だった。

私はカード部門、信用管理チームの承認室というところで働いた。W証券は外国の会社と提携を結んでクレジットカードを発行していたんだけど、これは金持ちの間では年会費が高い代わりに利用限度がないカードとして有名だった。

でも、それは大嘘。利用限度はあるけれど、顧客は自分のカードに限度があるって知らないだけ。ある人がいきなり高額の決済をする、その瞬間、承認室ではその人の決済を承認してやるか決定するってわけ。すべてのカード決済が私たちのところに上げられるというわけではなく、こまごましたのは全部自動的にコンピューターが承認してくれる。ところが毎月五十万ウォン（五万円）程度しか使ってなかった人がいきなり一千万ウォン（一〇〇万円）のダイヤを買う、そうなるとコンピューターが私たちにその取引を報告してくる。カードの持ち主には加盟店から「決済が遅れているようですね、少々お待ちください」って説明する。その時間が長くなると顧客はあわてて帰ってしまうか、他のカードで決済する。

だから私たちはコンピューターが送ってきた取引を承認するか、しないかを五分以内に判断しなくちゃいけない。ところで、これをどうやって判断するかというと、別にそんなマニュアルは存在しない。だいたい主観で決める。考慮することがたくさんあるんだよね。たとえば同じ取引でもプータローはだめだけど、職業が医者なら大丈夫。だから過去の延滞記録をチェックして、その人が住んでいるのが持ち家か貸家か、そんなのも全部見る。

職業、年齢、生年月日、住所、先月の取引内容、どの加盟店で何を買おうとしたのか、そんなものが画面に自動で表示される。加盟店が江原《カンウォン》カジノリゾートの近くだ、しかも買おうとしているのは金か車だ、となると私では決定できないから上に上げる。

承認不可となって初めて、顧客たちは自分のカードに利用限度があるということを知る。そうして抗議する。そういった抗議の電話はいったんコールセンターで受けるんだけど、そこで説明できないと私たちに回ってくる。その電話を受けるのが、すごくしんどい。たいていの人は怒鳴り散らしてくるからね。限度がないって聞いたのに、なんでこうなるのかって。説明はこんなふうにする。今回に限って特別にナントカのために、たとえばお客様の二年前の記録が残っておりまして、こちらは何年ほど過ぎますと使用可能でございます。だいたいこんな説明を聞かされても納得いかないでしょ。しつこく反論する人もいるし、罵る人もいる。

会社で働いているときには何も考えてなかったみたい。自分がある組織の付属品になってその歯車であったとしても、この歯車がどこにはまってどのように転がって、どの方向に進むのか、それがわかればよかっただろうけど、自分が何のためにどんな仕事をしているのかも分からなかったし、この会社が何をしている会社なのかも知らなかったし、まったく混乱していたというか。いや、初めから知ろうともしなかった。中高生と変わらなかったみたい。

だから、仕事は当然つまらなくて、仕事が面白いって言葉がどういうことかもわからなくて、やりがい？　何それおいしいの？　って感じだった。お客様からクレームが入っても、そんなの聞きたくないし、会社に愛着もなくてすまし顔で座っていたから……。あの時私と一緒に働いていた人たちは、実に人間ができていたと思う。新人だったら愛想よく対応しなきゃいけないものでしょ。先輩たちに自分から近づくとか、そんなことがなくちゃいけないのに、私は向こうが何か質問してくるまでひとことも口を利かずにいたんだから、今考えてみるとあの人たちが私と一緒にご飯を食べてくれたことさえ不思議なものだ。私みたいな子って職場いじめの恰好の標的じゃないかと思うんだけど。

　あのころ、ひとつだけ面白いことがあった。当時、うちのカードを使う芸能人が多かったんだよね。ちょっとイケてるカードだから。検索するとそんな芸能人たちの使用内容が丸見えだった。システムに名前を入れるだけでその他の個人情報も全部出てきた。ネットで芸能人の実名を検索をしては、片っ端から支払い履歴を照会していた。この子見て、うわ、金遣い荒いよね。〇〇〇はこのブランドのお得意様かあ。〇〇〇はこの化粧品使ってるんだな。〇〇〇は結婚の前日にいやらしいクラブに行ってるし、〇〇〇は何日か前にラブホテルに泊まってるじゃん。あれ、これ全部女物なんですけど。男なのになんで買ってんの、もしかして女ができた？

　会社には三年ちょっと通った。途中からは毎日毎日抜け出したいって思ってた。

　とりあえず、仕事自体がかなり単純作業。この仕事を続けていても昇進しそうもなかったし、「大変ですが、やりがいがあります」ということもなく、給料がいいわけでもなかった。

　それでもそれなりに規模のある会社だけあって、承認室勤務から他の部署に異動する人もいた。だから、自分がそうなることを期待してたところもあった。二年くらい過ぎて、部署を変えてほしいと言ったら、変える変えると言いながら何カ月たっても異動はなかった。言えば何とかなるってもんじゃないんだなあ、って思ったよ。

部署を変えてほしいって言った相手は係長だった。漠然と、よそに行きたいです、と言った。今考えてみれば「このチームに行きたいです」でもなく、よそのチームが何をしているかも知らなかった。上司にはこう言われた。

「ケナちゃん、承認室は女性が働くにはぴったりだよ。営業でよければ行きたいって手を挙げれば誰でも行けるんだけどねえ、営業でもいい？」

それは嫌です、って答えた。ただでさえ知らない人に会ったら、まともに口もきけないのに、営業職なんて無理でしょ。

「もう少しだけ待ってみてよ。人事か総務に欠員が出たら、ケナちゃんを真っ先に推薦してあげるから」

と言われたけど、そんなことはなかった。後で辞表を書くと言いだしたときに、係長がこっそり私を呼び出してご飯をおごってくれたなあ。サムギョプサルと豚トロ。二カ月だけ我慢してほしいって言ったんだっけ？ 自分の部下が特に理由もなく退社することになれば、人事考課の評価が下がるでしょ。だから考課が終わるまでだけでも我慢してくれって意味だったみたい。今考えてみれば、そのくらいなら我慢できなくもなかったと思うけど、あの時は「は？ 何それ？ そっちは私の言い分全く聞いてくれなかったくせに」って思ったなあ。だから「嫌です」とだけ言って退社した。今になって考えてみればあと二、三カ月通ってやってもよかった。あの人たちには、それなりに大事な問題だったんだろうし。

それでも私があまりに文句を言うので、勤務する時間だけは変えてくれた。うちは昼に働く早番があって、夜に勤務する遅番が別にあった。遅番は体がしんどい半面、いいところもあった。まず、夜には取引が多くないから仕事が楽だし、遅番は服装が自由。それがすごくよかった。ジーンズにスニーカーで通勤していた。あの時は勉強できる時間がたくさんあったから、会計士の勉強でもしときゃよかった。まあ、その時は会計士が何かもわかってなかったけど、あほだったから。

もうひとつ遅番でよかったこと、それまでヘナ姉さんと妹のエナとひとつの部屋で寝ていたんだよね。すっかり大人になった三人の女で一部屋を使うんだから、大変に決まってる。それが、夜に働けば昼間はひとりで眠れるじゃん。そんなこともすごくよかったな。銀行の用事を済ませて、ショッピングしてっていうのも楽だし。そんなメリットも数え上げたら馬鹿にならなかった。

あ、こんなこともあった。ランチはみんな毎日飽きもせずキムチチゲ、あるいは味噌チゲを食べる。私は「あー、今日もまたか」って思いながらもついてった。本当に、チゲに飽きてうんざりするころ、遅番になったから好きなメニューを思う思い通りに食べられるようになってうれしかった。夜には弁当を買ってきても、出前を頼んでもいい。

代わりに遅番の明らかなデメリット、金融会社って、もともとそうなのかもしれないけど、マインドセット研修が多いんだよね。ほら、スローガンを叫んだりする、あれ。昼間にその教育を受けに会社に行く日には、ほんとにどっかの車でも歩道に突っ込んで来ないかなー、と思ってた。

済州島ではなくて移民に行かなくては、と初めて思ったのもそんなマインドセット研修の打ち上げの席だった。

承認室は二十人中、十五人以上が女性なんだよね。それなのに、その日に限って係長が会食の席で猥談を連発したんだよ。本人にしてみれば、うけると思ってたみたい。その何時間か前に外部の講師が職員相手に、各自自分の同僚たちがどれだけ信頼しているかグラフを書かせたんだけど、そこでこのおっさんが部下を全く信頼してないってばれちゃったんだよね。だから、自分でも恥ずかしかったみたい。

係長は、本社に来る前にカードの営業をするおばちゃんたちを束ねていた人で、そのころ聞きかじった下ネタが多かった。営業のおばちゃんたちってそんな猥談が好きなのかな？ともかく、私たちは「係長、それはセクハラです」ってひとこというべきかどうか躊躇していた。雰囲気も良くも悪くもなかったし、係長がおおげさにはしゃぐのを見たくもなかったし、一次会は早々に切り上げて二次会のカラオケに向かった。

何人もいない男性職員のひとりがマイクを握って「告解」（イム・ジェボムが1998年に発表したバラード。ドラマ『恋人』のOSTとしてヒットした）を歌い始めた。

「この歌の歌詞ってまるで人妻と浮気した男が相手の夫に謝る内容みたいじゃないか？〈自分のものではないと知りながら、どうしても彼女を求めてしまったことをお許しください〉〈お許しください、罰を与えるならば、私が受けますから〉……」

隣に座った後輩が、男たちはどうしてこの歌をこんなに好きなのか話していたんだけど、その話を聞いて笑いすぎて飲んでいたビールを吹き出してしまった。次の曲は係長の「ビンゴ」。「ビンゴ」もおっさんたちのお気に入りの曲だ。お局たちが係長のメンツを守ろうと席から立って舞台に上がった。

「こぶしを握って！　また始めよう！　俺はやるぜ！　思いのままに！」

私もステージに行かなきゃダメかな、戸惑ったけど席を守り通した。だけど、無視し続けるわけにもいかず、タンバリンを鳴らしながら一緒に歌った。

「今、俺がいる！　この国が好きだ！　移民なんてこと！　考えたこともない！」

「告解」の歌詞に若い男性たちがはまる理由もわかる気がする。きれいな女性たちは自分たちに見向きもしないんだから、挫折感も感じるでしょうよ。その挫折感をどうしたらいいかわからずに戦々恐々とした結果、自己陶酔の道を選ぶってわけ。それは味噌女《クソおんな》がどうだとか、相手にされない方向に石を投げるよりもましな進歩だと私も思う。

中年の男性がみんな「ビンゴ」を歌う理由は、みんな大変すぎるからじゃないかな。みんなこの土地が大嫌いで、こっそり移民に行こうか悩んでいるんだよ。それをあえて否定して、自分に催眠をかけたいんだよ。「腹をくくればなんでもできる」って。「苦労ひとつない人生なんてつまらないだろ」って。ところで、移民に行くのは何でダメなわけ？　そんなことを考えた。

数年後、オーストラリアで「ビンゴ」を歌っていた歌手のその後を聞いた。当時、他の女の子ふたりと同じ部屋を使っていた。オーストラリアにはワンルームとか、下宿がないから、韓国人留学生たちはふつう一軒家を借りて十人くらいで一緒に住むんだよね。一部屋に三人ずつ。そんなのを〈鶏小屋シェア〉って呼んでいた。

「ケナさん、あの話聞きました？　タートルマンが死んだって」

隣のベッドに寝っ転がってネットサーフィンしていた女の子が顔を上げて言った。

「タートルマン？　タートルマンって誰？」

「タートルマン、ほら、あの歌知りません？　よっしゃ、さあ来た、俺！　気分いいぞ、俺！　一曲歌うぞ、イチニッサンシ！」

「あ、その歌「ビンゴ」じゃない。あれ歌っていたのがタートルマンだった？　亀《コブキ》じゃなかったっけ？」

もうひとりの女の子が、顔を上げて話に入ってきた。

「コブキがグループの名前で、男性リードボーカルの名前がタートルマンだったんですよ。ともかく、そのタートルマンが死んだんですって」

「なんで？」

私ともうひとりが同時に聞いた。私たちふたりの関心を買うことに成功したノートパソコンの持ち主が、得意気にニュースを読み上げた。タートルマンは持病の心臓病によって自宅で亡くなったという話、治療費が高額で生活がカツカツだったという話、所属事務所と金銭問題でもめていて、新しい会社を立ち上げたがうまくいかず、借金を抱えてマネージャーの仕事まで自分ひとりでしなければならなかったという話。

「やたらと前向きな歌ばかり歌ってたのに……」

いちばん外側のベッドを使う子が、あきれ返って言った。

真ん中のベッドの子が、タートルマンの話を続けている間、私は「ビンゴ」の歌詞を頭の中に思い浮かべていた。この歌の最後の部分ってこうじゃなかったっけ。

「この俺の人生、終わる最後の瞬間に、笑ってやるぜ、思いどおりに」

タートルマンは最後の瞬間に果たして笑いながら目を閉じたのか、気になった。笑えなかったと思うよ、たぶん……。

そのころタートルマンの訃報に負けないほど個人的にショッキングなニュースがあったんだけど、それはW証券社員の自殺スキャンダルだった。その中のある人は「社長さん、こんなこと許されるんですか。私のお客様にお金を返してあげてください」と抗議の遺書を残していたって。

Wグループは経営が悪化すると社員たちにノルマを課して、手堅い商品だと言って系列社の社債やら手形やらを顧客に売りつけさせた。ところが、手堅いどころじゃなかった。ものの数カ月でその会社は不渡りを出した。職員たちに詐欺をさせたってこと。まったく乞食商売じゃん。

これがどうしてショッキングだったかと言えば、もしも韓国に残ってW総合金融に勤めていたら、私もそんな手形を売りつけていたはずだから。W証券のカード部門はなくなっていたんだよね。提携していた外国系カード会社が韓国に直接進出したあおりで。だから会社の名前もW証券に変わったわけ。カード部門にいた人たちの大部分が証券営業に行ったって聞いた。

私が韓国に残っていたとしたら、そんな大きな歯車に抵抗することができただろうか。できなかっただろうな、たぶん……。

スタバの若様

シドニーについた次の日、車にひかれて死ぬところだった。オーストラリアでは自動車が左側通行だということをすっかり忘れて、左側の方ばかり見て道を渡ったんだよね。車がキィッと音を立てて、マジで間一髪のところで止まった。

車から降りてきた運転手に何か言われるだろうな、と覚悟した。こうやって、実践英語を覚えていくんだろうか……。ところが、車から降りてきたおじいさんは「アー ユー オーケイ?」と何度も尋ねて、私を心配してくれた。おじいさんの見た目もかなりほのぼのとした感じだった。私が大丈夫だと言うと、大げさに天を見上げて、感謝しますと祈りさえしていたものね。韓国のおっさんたちとは天地の差だった。それに西洋の男性たちって、どうしてこんなにボディランゲージが魅力的なんだろう?

そうやって駅まで二ブロック歩いて行ったんだけど、長い間期待していたことが目の前の現実になっているっていう事実に、めっちゃワクワクしてきた。土地が広くて人が少ない国だとは聞いていたけど、その通りだった。駅まで歩いている間、車は何台か見かけたけど、歩いている人はひとりも見なかった。逆に阿峴洞《アヒョン》の路地裏を思い出した。そこには〈ともしび〉だとか〈出会い〉だとか〈アリの巣〉とかいう鼻クソほどの飲み屋と占い屋がたくさんあって。車の一台でも入ってくれば、脇によけて汚い塀に背中をくっつけて道を譲ってやらなきゃならない。

交差点に立って周りをぐるりと見まわすと……四方に広がる道のどこにも人の姿が見えなかったんだ。ちょっと戸惑いもしたし、開放感も感じたし、なんていうか、ときめき、孤独感、寂しさなんて感情がごちゃ混ぜになってわいてきた。四方に広がる道の先は、なんだか絵画みたいだった。青い空まで続いていて。道と空がくっついているところはキラキラと光っていて。

それから、あの日差し！　眩しくて一定の角度以上には顔を上げられないほどだった。オーストラリアの人たちがサングラスをいつもかけているのは、ファッションではないってその時になって分かったよ。

幸せだった。実は、韓国で通勤の次に耐えがたかったことは、寒さだった。韓国にいるときには毎年九月にはすでに今年の冬はどれほど寒いのか、果たして自分には耐えられるだろうか、という恐怖に襲われた。冗談ではなくて、毎年凍傷の危機に襲われた。

寒くなると手足の指に、小さくて固い粒々ができる。それがやたらとむずむずびりびりして、そこから熱が発生する。その熱が手足に広がっていく。子どもの時には、冬になるとそんな発熱現象が早く起きるように願っていた。少し大きくなって、それはしもやけというのだと知り、本当に驚いた。

一月になると、家の中にいてもそんな発熱現象が起きた。とにかく古い建物で、経年劣化もしていたけどそもそも断熱材やら窓枠やらがお粗末極まりなかった。十月になると父さんが厚めのビニールシートを買い込んで、窓という窓をそのビニールで包み込んだ。だけど、真冬には外から冷たい空気がじわじわと入ってくる。ビニールが風を包んでレンズのように膨らむのが見える。そんな日にはどんなにボイラーを強くしても床《オンドル》に接するとこしか暖まらない。他のところはぶるぶる震えるくらいに寒い。寝転んでいても鼻先がかじかむ。


シティと呼ばれるシドニーの中心地は、郊外の住宅街とは雰囲気がまた違う。ちょうどランチタイムで、人でごった返していたけどその風景もまたそれなりに趣きがあった。特にスーツを着た会社員たちが階段に座ってサンドイッチやミートパイなんかを食べている姿は絵になった。

シティをワンブロック歩いていると気分が盛り上がってきた。胸を張って、他の人たちの目をまっすぐ見ながら歩くようになった。十分ほど歩くと、どこからその自信がわいてくるのか理由が分かったんだけど……通りには私よりスリムな女性はゼロだった。オーストラリアの女性たちは、本当に、九十パーセント以上が図体がでかい。韓国では見たことも聞いたこともないようなレベルの肥満も珍しくない。私は自分の大きなお尻とたくましい太ももがずっとコンプレックスだった。でもここではただ小さくてかわいいお尻。これからはお尻まで隠すような服も必要なさそうだな、よーし、これまでは着れなかった服もなんでも着てやろうって思ったよ。

留学院はシティのど真ん中の高級そうな建物の三階にあった。事務室の壁には各種広告のステッカーがぎっしりと貼られていた。

社長夫婦のうち旦那さんは見えず、奥さんだけがひとり熱心に電話で相談を受けていた。

「ですから、そのメールを一度読んでみてください。真ん中ぐらいに〈ビザグランドナンバー〉って書いてある部分がありますか？　三段落目か、四段落目にあるはずですよ。ありましたか？　ではですね、一番最後の文章を一度読んでみてください。〈ウィ　ホープザット　ユー　エンジョイ　ユア　ステイ　イン　オーストレイリア〉、そう書いてありますね。ええ、じゃあ、承認されていますよ」

留学院というところは、留学初心者にとって領事館のようなところだ。ビザ発給の手続きから、宿泊先の予約、英語学校や学校の登録まで様々なサービスを提供する。だからといって、なんでそんなことまで国際電話で尋ねるのだろう。周りに英語のできる人がいないのか？　いや、それよりも、オーストラリアに来ようと思っているなら、ビザ承認のメール程度は理解できる英語力が必要なんじゃないの？

その間に私と同年代に見える男の子が一名、留学院に入ってきた。私と同じく、おずおずとした姿勢できょろきょろ見渡していた。その男子が見るともなくこちらをちらちらとみるので、私も気づかぬふりを決め込んだ。

その子の様子が、ちょっと笑えた。一目で強がっているのがバレバレで。ほら、いるじゃん、カットしたての髪を手でいじりながら、きょろきょろして目を合わそうとしない、そんなの。

「ごめんなさい、ずいぶん待ったでしょ？　あ、そちらにジェインさんも来てますね。おふたりとも互いにご挨拶を。来週から同じ英語学校に通うんですよ。おふたり、同じクラスですよ。アカデミック・パーパスコース」

通話を終えた留学院のおばさんは大慌てで彼と私を互いに紹介させた。私があいさつしていると、あちらはまた強がって、私に目もくれずに関係ないところを見つめては首だけカクンとさせた。

「おふたりで今日は観光したら？　バスとトレインの乗り方にも慣れて、携帯電話も契約して、学校や英語学校も一緒に行ってみてください。オペラハウスにも寄ってみたらどうかしら」

留学院のおばさんが地図を一枚、私とジェインという男の子に差し出した。

「……ひとりで気ままに行くほうがいいんだけどな」

留学院のある建物を出るとき、彼が聞こえるような聞こえないような声でつぶやいた。

「じゃあ、どうぞ、おひとりで。私もこの通りを見て、写真を撮りながらのんびり歩くほうがいいですから」

後ろを振り返ってヤツに言った。

「俺もそうしたいけど、地図が一枚しかないからなあ」

あきれて、しばらく何も言えなかった。

「ところで、あなたは何歳ですか。初対面でため口って失礼だと思いませんか？」

しかも聞いてみるとなんと、私よりも一歳年下なのだ。だからケナさんと呼ぶように言うと、フンフンとうなずきながらも、いやだって。

「俺、もともと十歳上までは友達だよ。それにここは韓国じゃなくてオーストラリアだろ？オーストラリアに入ってはオーストラリアに従えって、ね。あんたそんな心構えじゃ、こっちに適応できないぞ」

私は言葉も出なくて、体が震えた。それでもその日の午後はジェインとふたりで過ごした。ヤツの〈強がり〉に最後までだまされて。私、ちょっと方向音痴だからさ。あいつがオックスフォード・ストリートやら、キング・ストリートやらいう通りの名前をまくしたてるから、ころりとだまされたみたい。

一緒に歩き回ってみると、ヤツは全くイカレてた。オーストラリアの人を捕まえては韓国語で道を聞くわ、英語では女の名前だとどれだけ教えてやっても、自分の名前は英語でジェーンにすると言ってきかないわ。十歳年上までは敬語使わないというのもあながち嘘ではなさそうだった。

携帯電話ショップで、とうとうたまりかねて爆発した。あのイカレたアホがわたしに向かってこう言ったのだ。

「うわ、あんたほんとに英語使えねーな。何でひとことも話さないの？」

「ちょっと、マジで、あーもう、むかつく！　あんたみたいに〈ハンドフォン　ハウ　マッチ？〉こんなコングリッシュ使い続けて英語が上手になると思ってんの？　それから、ハンドフォンじゃなくてセルラーホンって言わなきゃダメなんだよ！」

「だから？　ちゃんと通じただろ」

「ちょっと、東南アジアの人たちが韓国にきてヘタクソな韓国語で……。いや、もういい。やめよう。ここから、あんたが好きなところに行きなさいよ。私は自分が行きたいところに行くから。来週、英語学校で会いましょう」

　私は背を向けると、すたすたと歩きだした。ところが何歩か進んでみると、ジェインがむっとした表情で私の後からついてきていた。あいつも、わたしもオペラハウスに向かっていたってわけ。


　私がオーストラリアへの移民を考えていると話すと、ミヨンとウネは「本当に？　すごーい、かっこいい」って。ネットで読んだ〈オーストラリア市民権を取得する方法〉という記事の内容を彼女たちに説明してやっている間に、私がオーストラリアに行くことがいつの間にか既成事実になってしまった。

「ねえ、あんたたちキムジャン（秋にまとめてキムチを漬けること）費って言葉、聞いたことある？　うちの姑ときたら、送っていただかなくても結構ですぅ、って何度言っても毎年せっせと何キロも手作りキムチを送ってくるのよ。しかも言うにことかいて、遠慮しなくていいから、キムジャン費でもはずんでおくれって。あーもう！　キムチもくっそしょっぱいし、魚とか牡蠣とかやたらと入ってんの。もう、生臭くて食えないってば」

　ソウルのカフェでブランチを食べている間中、ウネは姑の悪口を言っていた。ミヨンが「ほらね。誰がそんなに早く結婚しろって言ったっけ」と、ウネにつっこんで、自分の話を始めた。

「私、自分が何やってんのかわかんない。私、機械音痴だってあんたちみんな知っているでしょ？　何カ月か研修受けただけで、私がＩＴ専門家になれるわけがないよ。コンピューターのプログラミングとかさっぱりわかんないんだけど、もう、三年目だからって、こと、ここと、ここね、ってクライアントを名指しして私に担当しろっていうんだよ。夜、眠ろうとしてもマジで眠れないからね。どっかのサイトが明日突然フリーズしたらどうしよう？　私、それを直せるのかな。私、なんでＩＴ会社に入っちゃったんだろう？　あー、もう、私どうしよう？」

ご飯を食べてから、私たち三人は「ちょっと歩こう」と、大学のキャンパスにはいって運動場の階段に腰を下ろしておしゃべりを再開した。運動場ではちょうど男子学生たちがバスケをやっていた。一方のチームがみんな上半身裸だったので、目の保養になった。

ちょっとばかりおしゃべりしたと思っていたが、階段に座ってからあっという間に一時間たっていた。初夏の温かい空気がうれしくてそのまま缶ビールを飲むことにした。

私は初夏が大好きだ。日差しはさんさんとして、ほどよく湿り気を含んだ優しい風が吹いて、空気はまだむしむしとはしてなくて……。そんな日には夕暮れになると予定がなくても胸がそわそわと落ち着かなくて外に出てしまう。さらりとしたノースリーブを着て、何か冒険することを探して。若い男性のフェロモンと街路樹の下から湧き上がる生臭い水の臭いが混ざり合って空気中にふわふわと浮いているみたい。そんな奇妙な興奮状態にいるから、ちょっとした火花が散るだけで火がついて、セックスしてしまう。ところで、オーストラリアときたら一年中そんな気候ではないの。

「他の子たちも呼んでみる？　まだ卒業してない男子もいるでしょ？　この近所でアパート借りてる子たち」

　ウネが提案したけど、ミヨンと私は首を振った。なんでまたひとりだけ着飾って出てきたのかと思った。人妻が、だよ。ウネが「じゃあ、キョンユニを呼ぼうか」と言ったときにはうなずいた。

「でも、キョンユニってこの近くにいるの？　あの子のうちって広津区《クァンジン》だか、どこかソウルの東のほうじゃなかった？」

「医学専門大学院の試験準備をしているって聞いたよ。うちにいると母さんに反対されるからって、卒業してから挑戦するって」

「医学専門大学院って使えるの？　私も準備してみようかな」

　これはミヨンのセリフ。

「私たちは、微分積分と化学と、そのへん理系科目を単位認定してもらえるから少し有利なんだって」

　ウネがキョンユニに電話をかけた。「十分以内に行くから、まだ始めずに待ってて、って」と、クスクス笑った。

　本当に十分以内に運動場に到着したキョンユニは医学専門大学院ではなく、学部からもう一度受けなおすほうにかじを切ったそうだ。薬学部に行きたいんだって。薬剤師は、メリットが多いという。一番大きなメリットは、再就職がしやすいのでいつでもやめたいときにやめることができて、一年のうち何カ月かは旅行に出かけることもできることだって。

「なあ、おまえら、いい年こいてガイコク病にでもかかったの？　オーストラリアに行けばうまくいくと思ってんのか。行くわけないだろ。韓国が世界で一番面白い国だよ。だから、ちょうど外国六カ月、韓国六カ月、外国六カ月、韓国六カ月、って感じで生きていくのが一番いいって。おまえらも、一緒に統一テスト受けようよ」

私はくだらないことを言うな、と答えてやった。その時すきをついて、ウネが再び姑の悪口を始めた。二時間前に話した内容と代り映えしなかったけど、聞く側のメンバーが増えたから同じ話を繰り返す権利が発生したって考えたみたい。ミヨンも会社の話を繰り返した。モーニングショーのようなおしゃべりが続く間、私はコンビニで買ってきたビールをちびちびと飲みながらバスケをやっている男子学生を観察していた。

大韓薬剤師協会のスポークスマンにでもなったみたいな、キョンユニの言葉にミヨンは結局揺れ始めた。合格ラインと学費について尋ねていたミヨンは「あー、もう知らない。知るか！　何が悲しくていい年こいて、こんなことでいまだに悩んでんのかなあ。もう」と叫びだした。するとウネが
「私ら、一緒に占いでも行かない？」と、みんなをそそのかした。

「は？　占い？　おまえ何を寝ぼけたこと言ってんの？」

キョンユニが言い返した。が、ウネも負けてなかった。

「学校の前のスタバにすっごくよく当たる占い師がいるんだって。ネットで〈ホンデ　スタバの若様〉って検索すると口コミもすごくたくさん出てくるよ。私ら一緒に見てもらお

うよ、ね?」

私とキョンユニはそんなところに使う金があるなら、ビールをもうひと缶買うほうがましだ、と言った。ウネとミヨンは「じゃあ、私たちが見てもらっている間、あんたたちは座って待っててよ」と言ってきた。結局ウネがクーポンを使って、私とキョンユニに無料のコーヒーを一杯おごってくれることになってた。そうやって、四人で酒の匂いをまき散らしながらスタバに入った。


イカレたジェインとオペラハウスを見に行ってよかったことがひとつ、なくはない。私の写真を撮ってくれる人がいたってこと。それと、よくなかったのはこんなこと。南太平洋と二十世紀最高の建築物の前でこっちは感激に浸っているというのに、その横で誰かが「ま、こんなもんだな」なんて言い出して感動を台無しにされること。

オペラハウスを一周して気が済むまで写真を撮ってからも、その周りをうろうろしていた。オペラハウスと言えばオーストラリアのシンボルじゃん。留学のために、おいしいものもきれいな服も我慢してやっとここまで来たと思うと、あっさり立ち去るなんてできなかった。だからジェインが「酒でも飲まない?」と言ってきたときには、待ってましたとばかりにうなずいた。オペラハウス横のオープンカフェで一杯おごってくれるのかと思って、優しい笑顔まで見せてやった。ところが、このイカレたヤツはスーパーで酒とつまみを買って海辺で飲もうって。

「ああいうカフェは観光客用だろ。ぼられるのがおちだよ」

私はすうっと笑顔を引っ込めて、ただうなずいた。

私たちはスーパーに行ってナチョチップスを買った。その袋が、ばかデカくてあまりに安いからレートの計算がまちがってないかと頭の中で計算をし直した。ところで、オーストラリアのスーパーは酒を売らない。そのことを知らなくてひとしきりスーパーをさまよってから、酒を専門的に売るリカーショップへ向かった。

「なあ、見ろよ、このワイン三千ウォン（三〇〇円）もしないのか。二リットル入りだぞ」

ジェインがびっくりした様子で紙パック入りのワインを手に取って見せた。量を考えると焼酎よりも安い。ドーズポイント公園ってところに陣取って、オペラハウスを見ながら飲んだ。紙コップがなくて、紙パックの両側を穴が開くようにちぎって、別の穴に口をつけて一口ずつ飲んだ。オペラハウスは白く、前を横切るハーバーブリッジは黒く、空は絵の具を溶かしたように青くて、それよりもっと真っ青な海には日差しがきらめいて、そこにまた白いヨットが浮かび、白いカモメが飛び交い……。

「あんたも学生ビザ？」とジェイン。

「うん」

彼もここで永住権を得ようと留学に来たそうだ。永住権を得たら、次は市民権も取るって。ジェインは「あんたなんで移民にきたの？」と聞いてきた。

「韓国にいてもこれといったビジョンがないんだよね。名門大学を出たわけでもないし、家もクソ貧乏だし、キム・テヒみたいな美人でもないし。このまま韓国に暮らし続けてたらいつか地下鉄をうろついて古新聞拾うしかなくなるよ」

「そっか。俺も地方のFラン出身だから、同じようなもんだな」

ジェインが笑いながら言った。

「え？　こう見えても私、弘益《ホンイク》大学出てるけど？」

その瞬間のジェインの表情ときたら！　ちょっと申し訳ないけど、正直痛快ではあった。

そのあとはふたりとも口も利かずに酒を飲んでいた。

途中で白人のおじいさんがひとり近づいてきて、酒を指さして何とか言ってきた。

「ウォウォ　ウォウォウォウォ。ウォウォウォウォ　ウォウォ　ウォ　ウォウォウォウォ」

何のことかひとことも聞き取れなかったけど、ジェインは「アイアム　トゥウェニーパ・イブ」って。でも彼も相手の言葉を聞き取って答えたわけじゃなかったみたい。おじいさんは頭を振って、ゆっくり繰り返した。「ウォウォウォウォ」って。都心の方を指さし、公園を指さして。しばらくそうしていたけど、目を丸くして固まっている私たちを見てため息をつくとどこかに行ってしまった。後からわかったことだけど、オーストラリアでは公共の場所での飲酒が禁止されていて、おじいさんはそのことを伝えようとしてくれたみたいだ。

「ああ、ったく。オーストラリアの発音はまったく聞き取れないいな」

おじいさんがいなくなると、ジェインが言った。

「だね。アメリカの発音とは全然違う」

私も同意した。

「あんたいつの間にケータイに飾り付けたんだ？　このS字何？」

私のケータイストラップを見てジェインが言った。

「S字じゃなくて、青龍」

私もどうしてここに来たのか、ジェインに聞いてみた。

「軍隊に行きたくないから」

実に堂々とした答えだ。

「そんなに偉そうに言うことじゃないと思うけど」

「まあ、気にすんな。俺は軍隊に向かない人間だから。俺が軍隊に行っていたら、たぶん銃を乱射して部隊員を皆殺しにしてから自殺するだろうよ。そうなるよりは、ひとりで軍隊に行かない方がましだろ」

安物のワインをちびちび飲んでいる間に、日が暮れた。空が透き通っていて、黒い建物ばかりだからか、ソウルの夜景よりもはるかに美しかったなあ。飲み切れないと思っていた二リットル入りのワインも、ほとんど残っていなかった。

「ところで、あんたボーイフレンドは?」

ジェインが少しろれつのまわらない口調で聞いてきた。

「いるよ」

ちょっとだけ考えて答えた。本当はいないけど。ジミョンとは四十八時間前に公式にお別れしたから。しかし、イカレたヤツに聞かれたからではなくて、誰に聞かれてもまだ「ボーイフレンドがいる」と答えなくちゃいけない気がして。

「何してる人?」

「記者になりたいって就活してる」

急に感情がこみあげてきたせいで、変な声が出た。幸いジェインは私が酔っ払って口が回らないと思っているみたいだった。

「韓国で？」

「うん」

「で、あんたはここで永住権を取ろうと」

「何か問題ある？」

残ったワインを一度に口に流し込んで立ち上がると叫ぶみたいに言った。ナントカ宣言みたいに。

「私のボーイフレンドはね、私とは正反対なの。礼儀正しくて、偉そうなところがなくて、目標がはっきりしている。優しくて、責任感があって、社会に対して自分がどうやって貢献できるかなんていつも考えているんだって」

私がよろけるとジェインが立ち上がって支えてくれた。

「お年を召してるみたいだな、その人は」とジェイン。

「ううん、私と同じ年」


スタバの若様は占い師っぽくなく、すっきりとした服装だった。細身の黒いシャツに黒いズボンを合わせていた。パソコンの画面にはなにやら易学関連のプログラムが開かれていた。ウネとミヨンが順番に見てもらって、感心したように頭を振りながら戻ってきた。

「そんなに当たるの？」

「もう、大当たり」

キョンユニもまじかよ？　という表情で立ち上がって占ってもらいに行った。少しして、ぽかんと口を開けて戻ってくると独り言をつぶやいていた。「やっぱりな、予備校は必要だよな」。

「ほら、あんたも見てもらうのよ」

三人は私にもうるさく勧めてきた。私が最後まで占いなんて信じないと言い張るので、ウネが立ち上がった。「もうひとりぐらいサービスで見てくれないかな」って。喫煙室のガラス越しに見ていると、ウネにおだてられた若様が困っていて、それが丸見えだった。

「あいつ、結婚してから症状がひどくなったんじゃね？」

キョンユニが口をゆがませた。

そんな陰口を知ってか知らずか、ウネはVサインを作って戻ってきた。「ねえ、十分だけ見てくれるって」と偉そうに。無料だったらあえて断る理由もないでしょ。

「どこか遠くへ行かれるようですね」

生年月日を聞いた若様が画面を見て切り出したひとことに驚いた。でも若様が「どこに行かれるんですか？」と聞いてきたときは「そこまでは占いに出ないみたいですね」と言い返した。すると、彼が言うには、易学とは予知能力や透視術ではありません、自然の力を借りたコンサルティングです、って。

「店を開店するときに、コンサルタントに会ってすぐ『最近の景気は店を出すのにどうですかねえ？』なんて聞かないじゃありませんか。不景気によく売れる物があって、逆に景気のいいときしか売れない物があるんですから、自分が何を売るのか最初に言ってもらわないと」

　言われてみれば確かにそうなのだ。「私…オーストラリアに行こうと思って」若様はキーボードをカタカタと叩いた。

「易学では島というのは基本的に陰の気が強いと考えるんですね。陰気にもいくつか種類があるんですが、今ケナさんの運勢ならオーストラリアと相性がいいです。僕からアドバイスするなら、あちらの食べ物が口に合うからと言って食べ過ぎないように。東向きか南向きの木造の家に住めば、自然と体重増加を防ぐことができるでしょう。僕、ブログでアクセサリーを売っていて、その中で青龍モチーフのものがあるんです。ネックレスやケータイストラップなんかを買って、常に身につけて過ごすといいですよ。それから、これは申し上げた方がいいのか、ちょっと悩ましいことがひとつあるんですが……」

「何ですか？　言ってください」

　スタバの若様の話によると、私はひとつの場所にもひとりの男性にも安住できない桃花《ドファ》殺《サル》の星に生まれついているそうで、それがオーストラリアへ行くと、ずいぶんと力を発揮するとか。ところで、ドファサルってのは昔は特に忌み嫌われていたけど、最近はそうは考えないんだって。セックスアピールも競争力になる時代だからね。

　何カ月か経って、またスタバの若様のことを思い出した。オーストラリアへ行くべきか、やめるべきかって、一日に何時間も頭を抱えて悩んでいたとき。急に気になったんだよね。オーストラリアはともかく、そもそも、韓国は私と相性がいいのかってね。

桃花殺《ドファサル》の星

ジミョンは私と同じ年《とし》だった。それが問題。

礼儀正しくて、偉そうなところがなくて、目標がはっきりしている。優しくて、責任感があって、社会に対して自分がどうやって貢献できるかなんていつも考えていた。それも問題。

ジミョンは私のオーストラリア行きに一番強烈に反対した。それは危うく成功するところだった。

私たちは大学一年で出会った。キャンパス・カップルだった。彼を見てすっかり熱をあげてしまい、私から声をかけた。それから六年間、一度も別れたことはない。みんなには夫婦と呼ばれていた。私はジミョンの奥さんって。兵役に行ったジミョンを待って、会社員になってからも別れなかった私のことを、みんなは女の鑑と呼んだ。

血気盛んな年ごろに出会って大学時代にずっと付き合っていたから、その間あれこれと危機がなかったわけじゃない。私が浮気しそうなこともあったし、ある女子がストーカーのようにジミョンを追いかけまわしたこともあった。初休暇で軍隊から出てきたジミョンがあまりに太っていてがっかりしたこともあった。

でも、〈社会人女子―大学生男子〉の関係は、そんな危機とは比べ物にならなかった。キャンパスでの関係も、言わばジェットコースターだった。急上昇も急降下もあって、脱線の危険も経験したけど、ともかく同じ席に座って二人で興奮して、キャーキャー叫んで。ところが、私が彼より先に会社に通い始めると、ひとりは遊園地の外に、そしてもうひとりは遊園地の中にいるような状況になった。デート費用をどちらが払うかという次元の問題じゃなかった。急に年下男子と付き合う感じ、とでも言おうか。会社という新しい環境は少なくないストレスだったし、誰かの胸でグズグズと泣きたいときもあるっていうのに、そんなとき、ジミョンは何の役にも立たなかった。社会人経験のない人にそんなことを打ち明けるというのも、おかしな話だし。それはジミョンを思いやってのことだったけど……。「あなたにはわかってもらえないと思うけど」から始まる私の愚痴に、彼だって少なからずうんざりしていたはずだ。

友人たちは周りでそそのかした。ひどい友達だ。

「ジミョンが軍隊に行っている間、二年も待って、卒業までまた二年も待つわけ？　その間に生物学でいう全盛期は終わるよね。女は追いかけられるのがいいんだよ、男を待つようになったらおしまい。夫を待ちわびた妻がついに石になったって昔ばなしがあったじゃない」

正直言って、言い返す言葉もなかった。実際に、新入社員研修の初日から若い男性社員にやたらと露骨に迫られたし。でも、おかしいの。奴らの言動はジミョンよりもずっと図々しくて下品だったけど、それが魅力的だったんだよね。

そのうえ、復学したジミョンは記者になるって言いだした。当然、私としても自分の未来を悩むほかなかった。ある日、酒の勢いで聞いてみた。

「うちの学校出てKBSや朝鮮日報に行けるの？ どこだってソウル大、延世大、高麗大出身ばっかり選ぶんじゃないの？」

「地上波局や大手新聞社の方が逆に、学歴を見ないってさ。経済紙やマイナー新聞社の方が学歴にうるさいって」

しかし、現実には、校内のマスコミ志望サークルさえ彼を参加させてくれなかった。スペックを撤廃しなくてはいけないだとか、学歴で人を判断する世の中が間違っているだとか大騒ぎしておきながら、自分達がメンバーを選ぶときにはあれこれと条件を出してくるんだから。

なんたら研究会とか言って、マスコミのインターン経歴があるとか、筆記試験を通過した経歴のある人しか受け入れないところがあるかと思えば、〈TOEIC九百点以上、KBS韓国語能力試験二級以上、少数精鋭〉と線引きをしてくるサークルもあった。ある研究会なんて工学部は門前払いだった。工学部生が、何か悪いことでもしたのだろうか。うちの大学の工学部は、ほかの学部よりも偏差値も高いのに。あのおとなしいジミョンまで

「統一試験の成績が俺より低かった奴らが……」と怒りをあらわにしてた。

就職浪人すると言い出した時は、さすがに心配になってきた。経済紙には関心がないって言ってたのに、ある瞬間から経済紙が主催する経済学経営学知識評価だとかなんとかいう試験の準備をしだした。それも新聞社ごとに試験問題を作ってるって知ってた？　当然、受験料も安くない。その話を聞いたとき、本当に純粋に感心した。受験生を相手にいい商売してるな。やっぱ世の中、そうやって生き抜かなくちゃ。


考えてみれば、スタバの若様の予言もまったく適当なものだった。わざわざ占い師のもとに来る客だったら何か悩みがあるわけでしょ。そんな人に向かって、「どこか遠くへ行かれるようですね」って言われれば、みんなそうですって言うでしょうよ。「遠くへ行く」って言葉は引っ越しする人にも、卒業後を悩んでいる人にも、誰かと別れたい人にも通用するから。

ドファサルの話だってそうだ。外国に行って気持ちはふわふわ浮かれているし、口出しする両親はいないし、知り合いもいなくて寂しいし、ホルモンもたっぷり分泌されるでしょうよ。オーストラリアまで来て男女交際の誘惑に抗うほうがおかしいよ。自然と男性が求愛し、女性は選び放題って構造ができる。留学生は男女比のバランスが悪いし、特に韓国の女性は他の国の留学生にもオーストラリアの男性たちにも人気が高いんだから。

鶏小屋シェアだって、恋愛には最適の住居形態だ。若い男女が数人ずつ、バスルームとキッチン、リビングを共有しながら生活してみれば「テラスハウス」みたいな出来事が起こらないはずがないんだから。

まあ、とにかく楽しい。外で遊べばお金もかかるけど、買い出しに行けば新鮮なつまみもアルコールも安い。レストランで働いてる子たちは売れ残りの寿司かなんかを毎晩持って帰るし。そうなると、毎日欠かさずリビングで飲み会ってなる。若くて体力があるから徹夜で飲む連中もいる。あのジェインもそんなあきれた部類の一人だった。語学学校の二日目からノルマみたいに遅刻して。

ちょっとばかりかわいい女の子たちの周りではあらゆる出来事が起こった。三角関係、四角関係もよくあった。英語で〈ケイ〉って呼ばれてた子がいるんだけど、彼女は自分が住んでいるシェアハウスの中で二股かけていた。Aには「韓国に一時帰国するね」と言っておいて、Bとゴールドコーストのジャングルツアーに行くってやりかたで。結婚してる若い女性が、英語の勉強をするとか言って会社を休職して、こっちに来て十歳年下の男子と同棲してるのも見たことがある。結婚してるのに、そのことを最初から言わないのは、男性も女性も、結構いたと思う。出身大学をごまかすことくらい日常茶飯事だった。

こっちで初めて付き合ったのは、最初にアルバイトした店で会った、三つ下の男の子。

最初のアルバイトは、シティのとあるビルの地下にあるアジアンヌードルの店だった。韓国で例えるなら、光化門ビル街の地下のサブウェイサンドイッチと言ったところ。値段もそのくらいで、客が期待する味もその程度で、材料をあれこれ選んでカスタマイズできるのもサブウェイに似ている。

客はまず、汁ありか汁なしか、あるいは炒めるかを選んでから麺を決める。それからソースとトッピングを選ぶ。店員が注文を取ってボタンを押すと、機械から注文が出力されるのね。で、私が光の速さでソースとトッピングをセットして厨房へ渡す。調理された料理が厨房から出てくると炒め麺だったら紙パックに、汁のある麺はどんぶりに盛り付けてカウンターに出す。

ランチタイムには注文が押し寄せて完全に戦場になる。厨房とカウンターが暇になってからも厨房補助《キッチンハンド》のヒョンソと私は一息つく暇もない。テーブルを拭いて、床を水で流して、倉庫から飲み物を出して冷蔵庫に補充して、材料を洗って切って材料タッパーに入れて、雑巾を洗ってから、やっと厨房の隅でご飯を食べることができる。

キッチンハンドはシドニーのアルバイト生態系の最下層だ。でも、英語ができないから選択肢はなかった。注文を受けるとしても英語が出来なかったらダメじゃない。その時は最低賃金ももらえなかった。オーストラリアドルで時給八ドル（六〇〇円）だったかな、法定最低賃金は十三ドル（九七五円）だったのに。

アジアンヌードルの店は韓国人夫婦の経営だった。みんな「韓国人が一番ひどい。絶対に韓国人経営の店では働くな」って言ってたもんね。でも、オーストラリア人が経営する店に行って面接を受けるだけの英語力がないんだから、仕方がない。

私は、本当に何も知らなかった。英語もわからなかったし、オーストラリアの最低賃金や、労働法も知らなかったし、土のついたニンジンの洗い方も知らなかったし、冷蔵庫に飲み物を補給するときは新しいものが後ろに行くように並べなくちゃいけないってことも知らなかった。この四つのうちで、後の二つはヒョンソが教えてくれた。ヒョンソはシティの安くておいしい店や、スーパーで売っている安くておいしい食べ物、安いけど悪くない服を売る店、お金をかけずに過ごせる観光名所などを教えてくれた。果てしなく広がる南太平洋の大海原を漂流している私にとって、それは浮き輪のようなアドバイスだった。

ヒョンソのアパートはシティの真ん中にあった。遊びに行ってその家をシェアしている子たちとテレビを見ていると、ちょっと風に当たりませんかってヒョンソにベランダに連れて行かれた。こっちのアパートは室内では明かりを落としてあって、それにシドニーは建物と建物の間隔がソウルよりぎゅっと詰まっていてガラスで覆われた建物が多いから、夜景が本当に素敵なんだ。

「ほら見て。うちからオペラハウスが見えるんだよ」

「ほんとに？　どこどこ？」

指さす先に目を凝らすと、オペラハウスのしっぽの先だけ小さく見えて「あらら、かわいい」と声に出して笑ってしまった。ヒョンソも一緒に笑っていて、急に「僕、ケナ姉さんのことが好き」って。

それから、唇を中に丸め込んで嘘のばれた小学生のような表情をしたんだけど、それがめちゃくちゃかわいかった。

「私も好きだよ」

「一気！　一気！　早く飲めよ、待ってるこっちが酒が回っちまうぞー。わはは」

リビングではみんながテレビを見ながら一気飲みをしていた。ヒョンソは丸め込んでいた唇を外に戻すと、目を閉じて私に近づいてきた。

オーストラリアに行かなくちゃと考えてからも、実のところ心は何度も揺れていた。ジミョンもそれに気づいていた。だから私を説得し続けた。こんな風に。

「どうしてそんなに韓国を嫌うんだよ？　韓国も悪くない国だよ。一人当たりのGDPを見れば世界の二十位以内に入っているよ。イスラエルやイタリアにも引けを取らないんだ」

記者試験の準備のせいで、彼はいらない知識ばっかり増やしてた。

「あー、もう。私は我が国の幸福指数がナントカみたいな問題には関心ないってば。私が幸せになりたいの、でも、ここでは幸せになれない」

「でも君はオーストラリアに住んだこともないじゃないか。ここで当然なことも向こうで当然じゃないかもしれないだろう。東南アジアの人たちが韓国に来て韓国人と同じ生活水準を満喫しているわけじゃないよ」

「どうせ私はここでも二等市民ですよ。江南《カンナム》出身で、実家も金持ちで、男に生まれたあたには絶対理解できないでしょ」

こんな口げんかに、彼も私も疲れていった。

むしろ「僕が幸せにするよ。結婚してくれ。僕と一緒にこの国にいてくれ」って言ってくれたら、どうなっていたのかな、とも思う。

そんなことを言われたら……多分、ずいぶんと悩んでいたと思う。ひとしきり悩んで、結局、断っていただろう。若すぎるでしょ。ジミョンは本当に文句のつけどころのない人だったけど、私はたった一度の恋愛だけで結婚したくはなかったんだよね。ロマンチック・コメディにでてくるようなあんなこんなキワドイ状況を味わってみたかった。若いときに、ひとりでなくちゃできないようなこと。

　別れを告げた日にもそう言った。

「あんまり早く理想の相手に出会っちゃうのはよくないね。私が三十代半ばだったら何も迷わなかったのに。絶対、あんたと結婚して韓国に残る方を選んでいたと思う」

　どうしたことか、その時のジミョンはプロポーズしなかった。後から、ふたりが別れてずいぶん経ってから、その理由を説明してくれた。

「僕だってプロポーズしたかったよ。でも君は大企業の正社員で、僕はどこに就職できるかもわからない大学生で、そんな状態で未来を共にしようなんて言えなかった。そこまで図々しくはないよ。記者試験に受かったら合格発表の日にすぐにプロポーズしようと思ってた。何の花束にしようか、どうやってプロポーズしようか、どこでしようか、なんてことまで考えていたんだ」

　正直言って、彼のやり方はまずかった。愛情を人質にしたんだから。

「なあ、僕のこと好きなんだろ？　僕を愛しているならどこにも行かないで、僕のそばに、韓国にいるのはだめか？　オーストラリアに行くのがそんなに大事なのか？」

「あなただって私のこと好きなんでしょ。私を愛してくれるなら私についてオーストラリアに来るのはだめなの？　記者になるのがそんなに大事なの？」

　ジミョンはしばらくうなだれていたが、泣きそうな表情でそれじゃダメだって。記者になるのは自分の夢だって。そういわれて私の気持ちが少しわかるとも言っていた。「そうか、オーストラリアへ行くのは君の夢なんだね」って、元気なくつぶやいた。

彼は、両親相手にしんどい戦いを繰り広げているところだった。記者になると言いだして、両親からは、何を馬鹿なこと言っているのか、せっかく工学部で勉強したんだから大企業に就職しろと言われていた。だから私のオーストラリア行きを自分の記者試験の準備に例えてみて、ぐっと実感できたらしい。

ところで、そうやって別れようと言ってからも実際は出国する日まで私たちはちょくちょく会っていた。主に私から連絡をした。酒を飲んだ帰り道に泣きながら電話することも、夜どんなに我慢してもこらえきれなくなって、メールを送ったこともあったし、そうやって三、四カ月はふたりで飲むことも寝ることもあった。出国するまでそんなふうに付き合うでもなく別れるでもない状態で過ごしていた。


「お化けみたいな声出さないで、怖いってば」

ちょっと怖くなってヒョンソの腕をつかんだ。私たちは海が見える公共墓地にいた。アルバイトを終えて紙パックのワインと軽食をもってブロントビーチから遊歩道を歩いていた。遊歩道がだんだん高くなって断崖絶壁を見下ろす道になった。それから角をひとつ曲がると公共墓地に出た。

日が沈んだところだったけど、遊歩道の周りは照明設備がしっかりしていて、月も明るかった。穏やかな藍色の海の上に月光が伸びる景色は、本当に素敵だった。ロマンチックだと感激していたら、いきなり墓地に出たので驚いた。海を見下ろす丘の上は一面に白い十字架と墓碑が広がっていた。ヒョンソがクスクス笑いながらお化けみたいな声を出し始めた。

墓石の間にビーチタオルを敷いてヒョンソが先に座ると、おいでと手招きした。座ろうとすると急にぎゅっと抱きついてきた。バランスを崩した私はヒョンソの胸にすっぽり抱えられて、墓石の間で私たちは体を重ねた。どちらが先ということなく、唇を重ね、首筋にキスをして体をまさぐった。死と一番近い空間にいると思うと、妙に体が熱くなった。

「ダメ、ダメ。やめて」

ふたりとも我を忘れてしばらく絡み合ってからハッと我に返って、ようやく浅い息を吐きながらヒョンソの手を振り払った。ヒョンソは半分残念そうな、半分夢見てるような顔をしていた。

「歌ってよ」

私が言うとヒョンソは座ったまま肩を揺らしてスティービー・ワンダーの「イズントシー　ラブリー」を歌った。それまでも歌を聞いて感激したことが何回かあったけど、月明かりの下で波音とヒョンソの歌を聴く気分は格別だった。ヒョンソは最後の一小説を一オクターブあげて歌い上げると私にキスをした。

「ねえ、ほんとにオーディション受ける気はないの？　こんなにうまいのに教会でしか歌わないなんてもったいないよ」

「教会で歌うのが好きなんだよ。音楽事務所は……。うん、僕が本当にやりたいのはバスキングなんだ。世界中の街を廻るストリートミュージシャン」

やんわりと質問の答えを避けると、ヒョンソはカバンからワインを出した。二人して紙パックに口をつけて順番にワインを飲んだ。楽しく笑っているうちにいつの間にか月が真上に上っていた。バスがなくなっちゃうと心配すると、ヒョンソがこの辺のバスの時間だったら全部覚えているから心配ないで、って。

それから韓国にいる家族の話をしてくれた。小学生の時に母親が亡くなって、父親と新しいお母さんの間に弟が生まれると、うちの中で誰にもかまってもらえない存在になって……とか、まあそんな話。

「で、あなた今、学校は？　休学中なの？」

せっかくだから、いつも気になっていたことを聞いてみた。

「え？　学校に通ったことはないけど、こっちでは。ワーキングホリデーだから」

「こっち来て三年目だって言ったじゃん」

「うん」

「ちょっと待って。ワーホリビザで三年もいられるの？」

おかしなことに気づいて、墓石に持たれていた背中を伸ばした。

「ああ、なんでだろね。そうなっちゃったよ」

「ねえ、もしかして、不法滞在なの？」

「もう、ケナさんってば、そんな言いかたないよ」

「ええっ、あなた……ワーホリで来て三年目って言ったら不法滞在じゃん。何やってんの。オーストラリアまで来て不法滞在しながら金を稼ぐわけでもなく、勉強するわけでもなく」

「教会に通ってるでしょ」

そうだった。ヒョンソは一週間に六日、教会に行く。教会の人たちと一緒にビーチに行って讃美歌を歌い、シティで伝道をし、教会の兄さん、姉さんたちとつるんで遊んで。

「教会の人たちはビザが切れてるって知らないの？」

「そうだな、あの人たちとはそんな話あんまりしなくて」

「はあ？　あの人たちもまじでおかしいでしょ。二十歳《はたち》そこその子が学校も行かず、まともな仕事もしないでいたら『あんた学校行きなさいよ、こんなじゃダメでしょ』って言ってやらなきゃだめじゃないの？」

言い合いになりそうで立ち上がってバス停に行ってみると、最終バスはとっくに終わっていた。あいつったらまた唇を中に丸め込んでかわいい顔をすることで、ごまかそうとしていたけどね。まったくあきれたわ。

ヒョンソと付き合ったのは二カ月くらいだった。最後の一週間は不法滞在の問題を早く解決しろとせかしまくっていたけど、あいつはうるさいなあ、くらいに思っていたみたい。オーストラリアがそんなにいいなら、一度韓国に帰ってまた戻ってくればいいと言ったら、今この状態から帰国したら何年かは入国禁止になるからダメだって。

ヌードル屋のアルバイトをやめると同時にヒョンソとも別れた。次は回転ずしの店に転職した。客が帰るときに皿を数える仕事だったけど、たまに回ってないメニューを注文するときがあるんだよね。その注文を聞き取って処理できる程度の英語力がついていたから。

ヒョンソと付き合っているころは、なんで年下と付き合っちゃたかなと思ってた。でもそれからも続けて年下男子とばかり付き合った。しかも申し合わせでもしたみたいに少し関係が深まると自分の家族がどうだとか、愛情に飢えて育ったとか、みんなからそんな話を聞かされる。

最初は、なぜなのかよくわからなかった。私が若く見えるからかな、って喜んだこともあったし、オーストラリアに来るのが遅かったかな、だから男子はみんな年下なんだろうなって落ち込んだこともあった。最近の若い子の間では私みたいなタイプが人気なの？マザコンが増えた？　初めは答えが出なかった。

私なりに考えた答えはこう。陰気とか陽気とか関係なく韓国の男たちは外国の生活に耐えられない。基本的に外国生活なんて、みんな寂しくて心細いものだよね。私だって何でもないことに急に感情がこみあげて、それで涙がぼろぼろこぼれそうになったことも何度もある。そんなときは、あの小汚い阿峴洞《アヒョンドン》の路地がたまらないほど恋しくなる。

韓国の男ってやたらとプライドが高いじゃん。そのせいですぐにぽきっと折れるっていうか。英語を教える白人教師たちからは、子ども扱いされる。外国語を教えてみれば自然とそうなる。韓国人だって韓国にいる東南アジアの人たちを子どもみたいに扱うでしょ。でも、相手がわざわざ目を丸く開いてゆっくりと優しい言葉をつかってくれると、それが思いやりだって頭ではわかっていても、やられた人間からすると知恵遅れの子どもにでもなった気がする。いろんな国から留学生が来ているけど、韓国出身の男たちは誰よりもそんな無力感が耐えられないみたいだった。何度も発音させる講師に向かって「アイ　ドンノウ！　アイ　セッド　アイ　ドン　ノウ！」って声を荒げて怒り出す人も見たことがある。
それから……元も子もないことだけど、きちんと学んで帰ろうと思っている子たちは、はなからオーストラリアになんかに留学しない。正直言って、オーストラリアって勉強に来るところ？

だから韓国の男たちは、オーストラリア人の前でいつもストレスを抱えることになる。そして、そうやって愛情に飢えてプライドもずたずたになった男たちの目には、私がお姉ちゃんみたいに映ったんだろうな。皮肉っぽいけど、別に権威を振りかざすこともないから、私。何よりもざっくばらんな性格で、そんなところが人の心を武装解除したんでしょう。しかも、私は何も知らない子たちからは英語がぜんぜんできないと思われていたんだよね。実は、発音がへたくそなだけで、自分らよりよっぽど上手だったけどね。

外国人とも二人付き合った。ダンとリッキー。ダンはマンションのスポーツクラブで出会った。

韓国人の女子のうち、三分の二くらいは外国人の男が近づいてくるのを怖がる。残りの三分の一は頑張って西洋人の彼氏を作ろうとする。白人のボーイフレンドが欲しいからって年の差もあって、見た目もイマイチな中年のおっさんと付き合う子たちだっているんだから。

私は〈外国人でも付き合いますけど、セクシーでない男はお断り〉という主義だった。ともかく、ダンはそんなおっさんではなかった。歳は二十三、金髪に碧眼の白人だった。

顔は、ちょっとおもしろかったけど、体中きれいな赤褐色に日焼けしていて、髪はふわふわカールしていた。スポーツクラブで何度か目が合って「ハロー」と挨拶する仲になって、それから「僕はここの何階に住んでいるんだけど、君は何階に住んでいるの?」と聞かれて、「出身はニュージーランドで、趣味はショッピング」と自己紹介をされた。「ユー　ハブ　ア　ナイス　バディ」って言われたときは、すごく気分がよかった。今度夕ご飯でもどうかというので、オーケーした。

正直言って、ネイティブと付き合えば英語力が伸びるんじゃないかって期待もあった。でも、付き合ってみると人をお姫様みたいに大事にしてくれるマナーがもっと魅力的だった。ダンは熱烈なサーフィンマニアで、毎日ビーチに出征していた。私にもサーフィンを教えてくれた。それまで日焼けするのが嫌で海水浴は避けて生きてきたけど、ダンに会って、初めてオーストラリアの海岸の美しさとマリンスポーツの楽しさを知った。

ビギナー用のスポンジボードに乗って海に飛び込むときは本当に……韓国の海なんて海じゃないよ。入っちゃいけない海なんて海じゃない。ごくごく水を飲んで肩を焼いて肺が痛くなるまで笑った。海があんなに楽しいところだって、二十七年も知らずに生きてきたなんて悔しくなった。

シドニーから三十分もバスに乗れば、ボンダイとかクッジー、ブロントとかいうビーチに行ける。入場料や脱衣室の利用料を払えなんていうところはない。海辺には民宿や刺身屋の代わりに、白くて清潔なレストランときれいな遊歩道がある。サーフボードに乗って疲れたら砂の上に並んで座り、水平線を見ながらぼんやり時間を過ごした。トップレスの女性たちの体を私が横目で盗み見ていると、ダンは私の体がきれいだとほめてくれた。ほら、あの、西洋人特有の大げさな調子で。

ところがその褒め方のピントがずれていた。

「ケナ、君はとっても美しい。本当に魅力的なゴールドスキンだね」

ある日そう言われた。私の方が白いのに？　白人でも私みたいに肌が白い人はあんまりいないってば。

足を組んで座っているとき、こういわれたこともある。

「君は足が短くてかわいいね」

ファック！　それって褒めてるわけ？

初めのうちはそんなものかな、と思ったけど、そんなことばっかり言うから私もこれはちょっと違うぞ、と思い始めた。その日一日にあったことを、こうやって英作文して話すでしょ。でも「ああ、君は今日こんな気分になったんだね」って受け止めてくれることはない。代わりに私の髪をなでなでしながら、君の髪はどうしてこんなに柔らかなんだろう、君の肌はどうしてこんなにつやつやなんだろう、とか言ってほめてくれるわけ。私の鼻が低いから、私の手が小さいから、彼にとっては果てしない好奇心と崇拝の対象だった。彼には私の体がすばらしくエキゾチックに見えていたみたい。

ダンにとってふたりの関係は、何事も自分は考えてリードして、私はかわいらしく笑って助けてもらう、そんな関係だったんでしょう。時々、叫びだしたくなった。ちょっと、私あなたより賢いんですけど！　こっちは大学出てますから！　もともとめっちゃシニカルな人間なんだよ！　ウィットに富んでいて、理解力もあるんですけどー！！

一度なんて、こんなことがあった。映画館に行ってなんかつまらないホラー映画を見た。真夏でもないのにシアターの中は冷房が効いていて、体が冷えた私は丸くなっていた。ダンは自分のジャケットを脱いでかけてくれた。

「サンキュー」

「ウォウォウォ？」と、ダン。

「ソーリー？」

「ウォミロ？」と、もう一度、ダン。

そうやって五往復ほど。最後まで、ダンがなんて言ったのか聞き取れなかった。映画を見終わってひとりになって、帰り道でやっと何の話だったのか想像がついた。彼は「ウォ《寒》ー《く》ム《な》イナ《い》フ？」って聞いていたのだった。全く英語ってヤツは……。

どんなにリスニング練習をしても、ネイティブの早口は絶対に聞き取れない。その時はマジで、果たして英語が上達する日が来るのだろうかと不安と焦りで胸を焦がしてた。男に対して、こんなに胸を焦がすような片思いをしたことなんかない、本当に。

これで寒くない？　え、何？　これで寒くない？　何だって？　これで寒くない？　何だって？　これで寒くない？　何だって？　これで寒くない？　何だって？　だめだ、こりゃ。

私が聞き取れていないとわかっても別の言葉で言い換えずに同じ言葉をしつこく繰り返すなんて、あいつの方がよっぽどバカじゃないの？　ダンと別れるきっかけは別の些細な出来事だったけど、映画館からの帰り道、すでに心の中では別れる準備をしていたみたい。西洋人とは付き合えそうにない、と、まあそんなことを。

ダンとは同じマンションに住んでいたから、別れてからもエレベーターで時々ばったり会った。私と別れてからも、また別のアジア人の子と付き合っていたよ。もう、あきれたね。奴はただただそういう趣味だったたってわけ。今付き合っている子と、私と、顔の区別がつくのかな、なんて考えた。

語学学校を終えると、セントラルキャンベラ大学シドニーキャンパスの会計学大学院に入学した。韓国で考えてみれば〈忠北《チュンボク》大学ソウル分校〉って感じかな。キャンパスと言ってもビルひとつだけ。芝生広場とか、そんなのはない。オーストラリアの永住権を取ろうと集まってくる人を相手に学位を売っているようなところ。

そんなところだから、名前は大学院だけど、学問、研究、そんなものはないんだよね。会計学修士課程だけでも、大学院生は二百人くらいいたんだから。だから評価も機械的なもので、韓国の学生たちは前年度の試験や課題を韓国人の先輩たちから引き継いでいた。でも私はダンと付き合っている間に韓国人の留学生たちとの関係が疎遠になっていたから、歴代の資料を入手するのが難しかった。もともと韓国の女性が白人男性と付き合うことになると、他の韓国の子たちとは関係がぎくしゃくする。人がいないところで、大きいのがそんなにいいのかとかなんとか、こそこそ話していたんでしょうよ。

そのころ、韓国の学生のいないシェアハウスに引っ越すことにした。とりあえず、韓国人とばかりつるんで遊んでいるから、英語が上達しなかったんだよね。それにお金ももったいなくて。

鶏小屋シェアでは、夕方になると決まって飲もうと言い出すヤツがいる。「今日はみんなで酒でも飲むか」って。そうなるとみんな十ドルずつ出し合って酒とつまみを買ってくる。もちろんそうやって集めたお金で、食べきれないほどの食べ物を買うことができる。でも血気盛んな男子たちは食べる量も半端ない。

同じ金額しか払っていないのに、男子たちは女子の二倍以上食べるし、酒も二倍以上飲む。それを見ていると憎たらしくなる。オーストラリアに住んでいる間ずっとお金に困っていたから。「あのチキンサラダが残ったら明日のランチに持っていけるのに」そんな思いが続いてみると、知らないうちに心の中で恨みが募って、しばらくの間男子にきつく当たるようになる。

鶏小屋シェアの生活はそんなものだった。少し笑えるけど。いつも「テラスハウス」の雰囲気とは限らない。皿洗いや掃除を分担しなくちゃいけないのにやらない子たちが必ずいて、そのせいでなんだかんだ言い争ううち大声で怒鳴りあって、気持ちがけち臭くなる。

引っ越しの時にはジェインが手伝ってくれた。イカレてはいるが、何というか、義理堅いといおうか、妙に頼りになるところがあったなあ。それに韓国人留学生とぎくしゃくしたといっても、留学初期に同じ留学院と語学学校に通っていた人たちの間には、心強い絆のようなものがある。入社同期に似ている。

オーストラリアで、男性と付き合えば付き合うほどジミョンが思い浮かんだ。おかしいでしょ。いや、考えてみればおかしくもないか。シドニーで付き合った子たちの中で、知的水準や人格の面でジミョンに劣らないのはひとりしかいなかったんだから。それがリッキーだったんだけど……。いや、リッキーがジミョンよりましだったとは言えない。リッキーはインドネシア出身だったんだけど……。彼については、また今度。

身の程知らず

仮に、オーストラリアに行かないで韓国に残っていたとしても、ジミョンと結ばれるのは難しかったと思う。彼の両親が激烈に反対しただろうから。身の程知らずだって。

こんなふうに書くと、財閥の三世かなんかと付き合ったみたいに聞こえるだろうけど、ジミョンの父親はたかがソウルの、とある大学の教授だった。そして母親は、うん……縁起でもない言葉だけど江南《カンナム》の有閑マダムだった。お姉さんは江南の有閑マダムの候補生。私が会った時には、幼児教育かなんかを大学院で勉強していた。

兵役中のジミョンが最期の休暇で出てきたときに、つまり、私が初々しい新入社員だったとき、彼の家族と一緒に夕食をしたことがある。明洞《ミョンドン》の高級中華レストランだった。

恋人の両親にお目にかかるのは初めてだったから、面接の時に着ていたスーツを着て一九八〇年代の女優みたいな化粧をして出かけた。明洞中を探しても、私よりも化粧の濃い女はいなかったよね。自分の両親がどんな人か、言葉を濁しているジミョンの表情がふと暗くなったから、私はしっかりと心の準備をした。実のところ、彼の家族に会うつもりはなかったんだけど、ジミョンがどうしてもと言い張るので引っ張り出されたんだ。後から聞いてみると、彼の家族も引っ張り出されたんだって。

典型的な韓国人の両親が息子の恋人に会ったら、何を知りたがるかくらい知らないわけではなかったから、かなり心配だった。お父さんは何をされているのと聞かれたら「ビルの警備を少々」なんて答えるわけにはいかず、ご兄弟は何をされているのと聞かれて「うちは娘ばかり三人いて私が二番目なんですけど、姉はコーヒーショップのバイトで、妹はぶらぶらしています」なんて口が裂けても言えないでしょ。

ところが、ジミョンの両親は予想とは違ってそんなことは聞いてこなかった。私は、ジミョンの除隊を祝う家族パーティーに呼ばれて、場違いなセールスマンみたいだった。はじめは助かった、答えづらい取り調べを受けなくて済んだ、と思ったけど、だんだん気分が悪くなった。ジミョンを除いて誰も私のほうに目もむけなかったんだから。借りてきた米俵みたいに座っている私を見かねて、ジミョンが助け舟を出した。

「ケナは『勝手にしやがれ』ってドラマの大ファンなんだよ。姉さんもあのドラマ大好きだったよね？」

幼児教育だかなんかを勉強しているという姉に、そう尋ねた。するとお姉さんは直前まで弟に向かって見せていた優しいほほえみをさっと引っ込めて「いいえ。私そんなドラマ好きだったことはないけど」と切り捨てた。そう言いながら「TVドラマなんか見ているなんて、嘆かわしい」という目で私を見てたっけ。

その表情を見ていると、私ここで何やってるんだろう？　って気持ちになった。この人たちはどうしてこんななんだろう？　私、何かやらかした？　わけがわからず目の前にあったグラスを空け、手酌でビールをグラスに注いだ。飲み終わったときはじめてジミョンの父親が質問してきた。

「もっと飲むかね？」

「はい」

その日、その席で瓶ビールを三本飲んだ。

「ごめんよ。うちの親、本当はあんな感じじゃないんだけど……」

レストランを出たジミョンは躍起になって弁解した。

「もういいよ。私を悪く言ったわけでもないし。まあ、ただ自分の家族以外には全く関心のない人たちなんだね。私も関心ないから、同じじゃない」

「そうじゃなくて、僕の失敗だよ。来る前に君んちの事情を一通り話しておいたんだ。お父さんの仕事とか、姉さんと妹が何をしているとか。食事中にいきなりそういう質問をされたら、君が困るだろうと思って。だから、両親は最初から君を困らせるような質問をしなかったんだと思う」

ジミョンは私の表情を探りながらそう言った。

「私が何を考えているかわかる？　それがあんたの家族のレベルだってこと。西洋人の親だったら、どう？　同じ状況で同じことをしたと思う？　しないでしょ？　西洋人だったら自分の子どもの恋人に向かって、最近どんな映画を見たかとか、どんなジャンルの音楽が好きかとか、もしかしてジャズは好きか、そんなことを聞くんだよ。『だれだれは好き？あら、私も大好き。コンサートは行った？』ってね」

涙が出そうになって私は立ち止まり、思っていたことをぶちまけた。一度話し出すと止められなかった。

「ちょっと、それに何よ、えっらそうに。サムソンの会長に無視されたら仕方ないと思うけど。あんたの家族は、江南のマンションひとつ持っている以外に何があるっていうの。大学教授ってそんなにお偉いんですかね？　教授だったらビル警備員の娘を無視してもいいってこと？」

「ごめん。ケナ。ごめん。僕が謝るから」

私をつかもうとするジミョンの手を振りはらった。

「それとも、なに？　あなたは私と一緒にいるところを見られたら困るようなご立派な存在なわけ？　よその子を無視する前に、自分の子どもをちゃんと見たらどうなのよ。だいたい、あんたと私は同じ学部の同じ学科でしょ。同じだけ勉強したよね？　あんたみたいにママに家庭教師をつけてもらって、塾にも行かせてもらっていたらもっといい大学に行ってたんだからね。私はちゃんとした会社に勤めてお金も稼いでるじゃない。あんたのお姉さんはどうよ？　がきんちょたちのお世話を習いに大学院まで行ってるわけ？　就職できなかっただけじゃん。本当笑わせるわ、みんなバッカじゃないの」

滝のように降り注ぐ非難の言葉を、ジミョンはいじらしい微笑みを浮かべて耐えていた。と思うと私に封筒を差し出してきた。

「これ、母さんがケナさんにあげなさいって」

彼が差し出したのは、ロッテデパートの商品券だった。

「はあ？　乞食だと思って施しをくれるの？　さぞかし徳を積めるんでしょうね？」

急に頭にきて、封筒ごとつかんで破り捨てた。封筒が分厚かったらもったいなかったけど、幸いにも薄っぺらい封筒だった。

ふた月くらいして、もう一度爆発した。飲んでいるときにまた家族の話になったんだけど、ジミョンがその時になって打ち明けてきた。父親からご丁寧なメールが来たって。私と別れるようにって。

「誤解してほしくないんだけど……僕は家族と縁が切れるなら切ってもいいんだ。君と別れるつもりは一ミリもないからね。父さんの友達が昔、あんまり裕福じゃないうちの娘さんと結婚して、苦労するのを見たんだって。結局離婚したらしいんだ。だから……。父さんはいい人なんだよ、僕は尊敬してる」

ジミョンが言葉に詰まりながら言い訳をした。

「あっそ。お金で人を判断するような人を尊敬するのね？　いいよ、別れよう、別れましょう。親孝行すればいいでしょ」

「いや、そうじゃなくて……。僕のせいでもあるんだ。両親にショック療法を使ってみたんだ。僕たち結婚を前提に付き合っています、婿に入って後を継ぐつもりだって。君の姉さん、結婚するつもりがないって言っていただろ。だからさ『僕はケナのご両親が亡くなったら喪主も務める覚悟です。ケナの家がどんなに貧乏だって、僕の意志は変わりません』って」

「ちょっと、うちの親が死んでなんであんたが喪主になるのよ」

「だって、息子がいなくて娘しかいない家は娘婿が喪主になるだろ」

「はあ、バカじゃないの。婿は百年のお客様って言葉も知らないの？　お客さんって何だと思ってんの、主人ではないって意味でしょ」

意地になってそう言い返した。ジミョンは年寄りの礼儀作法に全く無頓着だったみたいだ。


リッキーはインドネシアの男の子だった。大学院の一学期目が終わるころ知り合って、だいぶ長く付き合った。グループ別の課題をしているときに、毒の効いた冗談をこっそりと言うことがよくあった。でも笑うのは私だけで、みんな聞き取れない。イギリス式ユーモアというか、アメリカ式ユーモアというのか。表情も変えずに皮肉の効いたひとことをしれっと言うアレ、あるでしょ。意味が分かると傑作なんだけど、みんなはそれがユーモアだと気づきもしなかった。

特に韓国の子たちは、リッキーの正体に気づいていなかった。浅黒い皮膚に鼻が低くて、口元がやや出っ張っている人が、実は頭が切れてシニカルだなんて思いもよらないみたい、韓国人にとっては。リッキーも、そう思われていることをよくわかっていた。

「確かに、インドネシア人の生活水準は韓国より低いよ。でも、だからと言って、考え方や文化の水準まで何十年も遅れているわけではないよね。インドネシア人だって、ブリトニー・スピアーズを歌うし、コールドプレイを聞くんだよ」

ちょっと知り合いになったころ、リッキーはそう言って笑った。親しくなるともっと手厳しく韓国の留学生を皮肉った。

「韓国の子たちは一番上にオーストラリア人と西洋人がいて、その次に日本人と自分たちがいるって思ってるだろ。その下に、中国人、そのまた下に南アジアの人たちがいるって。でも、実際はさ、オーストラリア人と西洋人の下の階級はただ東洋人ってだけだ。ここの人たちは区別ついてないよ。彼らの目には、英語がうまいアジア人と、英語がへたなアジア人がいるだけ」

付き合うころにはさらに辛らつになっていた。

「君もわかるだろ、本当は南アジアの留学生はいいところの子だよ。タイやベトナムから来ている子たちは、金持ちのぼんぼんだよ。それに比べて日本や韓国から来るのは貧乏人の子どもだろ。そうでもなきゃアメリカかカナダに行くだろ」

リッキーの父親はジャカルタでホテルを二つ経営する金持ちで、リッキーはその四男だった。彼もいつかは親の財産の一部を引き継いで自分の事業をするんだって。オーストラリアには英語と会計学の勉強に来ていた。

「そう言ったって、あなただって同じでしょ。うちの学校に来る学生なんて同じじゃない。ここでまじめに勉強する人なんているの?」

「勉強するつもりがないのは同じだけど、僕はオーストラリアで暮らしたいわけじゃないよ。永住権とか市民権とか、こだわりはない。オーストラリアは英語を勉強できる国の中でインドネシアから一番近いから来ただけ」

「インドネシアってオーストラリアと近いの？」

という私の質問に彼は答えず、ぽかんと口を開いてあきれて見せた。後から地図を見てみたら、オーストラリアとインドネシアは韓国と日本くらい近かったよ。ま、それだけ私がインドネシアについてなんの知識もなかったってこと。オーストラリアとインドネシアが仮想敵国だということも知らなかった。インドネシアでは身分証に宗教を書くことになっていることも教えてもらった。だから、自分は神様なんて信じてないけど、身分証ではムスリムにしておいたって。

そんな彼にも答えられない質問がいくつかあった。ひとつは「どうしてインドネシアのイスラム教徒は爆弾テロをするのか」だった。

「本当にわかんないよ。アメリカが嫌いなら向こうへ行ってテロをやらかすか、アメリカ大使館に爆弾を投げればいいんだよ。どうして自分たち同士で殺しあうのか、さっぱりわからん。あいつら知能ゼロだよ」

もうひとつは「金持ちに生まれて何不自由なく育ったのに、どうしてそんなに性格がひねくれているのか？」だった。リッキーも、それについては首をかしげながらこう答えてくれた。

「貧乏なうちで育っても楽観的な人もいるだろうし、裕福なうちで育ってもシニカルになることってあるんじゃないの。キエーナ、君も僕と同じタイプだよ」

私が他の韓国人たちと群れていないのを見て、気になったんだって。そういえばリッキーも他のインドネシアの学生とはつるんでいなかった、あいつら華僑だからって。

リッキーと私は、どちらも所属する仲良しグループなんてなかったから、グループで提出する課題はよくふたりで組んだ。彼はシティーから車で十五分くらいの高級住宅地の一戸建てを借りてひとりで住んでいた。車で私を迎えに来てシティーまで送ってくれることもあった。彼の家に行くたびにものすごく羨ましくなった。こっちは三十になるまで一度もひとり部屋を与えられたことがないんだから。明かりをつけっぱなしにして本を読みながら寝落ちするなんてできなかったし、音楽はいつだってイヤホンで聞かなくちゃいけなかった。

リッキーは月に二度ほどインドネシアに帰っていたんだけど、そんなときには私が彼の家で週末を過ごしていた。部屋がふたつ、ベッドも二つある家だから彼のベッドに寝なくてもよかった。そんなときには本当にぐっすりと、甘い眠りをむさぼった。そして朝になると鳥のさえずりに目を覚ました。

当時は、私以外に韓国人がひとりもいないシェアハウスで暮らしていたんだけど、そこはマジで最悪だった。リビングをカーテンで小さな空間に仕切ってそこにベッドを置いて暮らすんだ。実際に暮らしてみると個室とは似て非なるものだった。元々リビングだから他の人たちが騒ぐ声がダイレクトに響くし、誰かがベットに入ってくるんじゃないかと思っていつも怖かった。

「ベランダにもポーランドの子がひとり住んでいるんだ。でもその子が友達をよく連れ込んで大麻を吸ってんの。そんなときは草の燃える臭いと、ケラケラ笑う声がして、マジ最悪なんだから」

〈ベッドバグ〉と呼ばれるトコジラミが跳ね回って大変な思いをしたって話は、とても話せなかった、恥ずかしくて。ワーキングホリデーのビザで来て農場で働くワーホラー連中のせいで、虫が絶えなかった。

「吸ってみろって言われなかった？　吸ってみなかったの？」

「一回吸ってみたよ。でも緊張しすぎてたのか、体が受け付けなかった。それに私には酒があるから」

リッキーは伸びをしながら「大麻を吸うやつらも、酒を飲むやつも理解できないね」って。とかいう彼はカジノへ行って、すっきり景気よく金をすっていた。

「今いる家が暮らしにくかったら、ここで一緒に暮らそう。部屋代はいらないよ。部屋も余っているし、ベッドも余ってる」

リッキーが急に提案してきた。私はボールペンを指の上で回しながら、あまり気乗りしないと答えた。

「なんで？」

「施しを受けてるみたいだから」

「じゃあ、少し部屋代を出してよ。気が済む程度に。だったらいいんでしょ？」

そんなふうに言われるとますます受け入れがたい。ジミョンだったら、こんなとき優しくなだめすかしてくれただろう。リッキーはその代りに「後悔しないって言いきれる？

最後のチャンスだよ」と言った。週末までに答えてくれって。

結構です、って答えて家に帰って、大麻の煙で一杯の、部屋とも言えない部屋にカーテンを閉めて横になると、天井をにらんで考えた。プライドが高すぎるのかな。貧乏育ちだからコンプレックスの塊になっているのかな。甘く見られているんだろうか。同棲への拒否感が強すぎるんだろうか、ポーランド男、タイの男、スペイン男と同じ屋根の下に住んでいる分際で？

その年の夏学期が終わるころ、リッキーははるかに大きな提案をしてきた。

「先週ジャカルタに戻って父さんに会ってきたんだ。あと一学期で学校も終わるからね、卒業したらどうするのか聞かれたよ」

「ああ、そうだよね。で、どうするの？」

「インドネシアには帰らないとな。早く事業をしたいんだよ。父さんに金を出してもらって貿易をやってみようと思って。自動車部品を輸入するとか」

「悪くないね」

全く知らない分野だから、そう答えた。

「君の写真も見せたんだ。よろこんでいたよ。色白でかわいいって」

「そう？」

なんだかもやもやした。

「そこで、だ。ここを卒業したら僕と一緒にインドネシアに行かないか？　どうせ君からしたらオーストラリアでもインドネシアでも同じでしょ？　でも、君にとってチャンスが多いのはどっちかって考えたら、明らかにオーストラリアじゃなくてインドネシアだよ。ここで、君にできることって何がある？　僕とインドネシアへ行くほうが、ずっといいんじゃない？　僕はインドネシア語とジャワ語、英語ができるし、君は英語と韓国語ができる。韓国からインドネシアへいろいろなものを輸入する事業を一緒にやるんだよ」

「でも、私インドネシアのこと何にも知らないよ。どうやって暮らせばいいのか、ぴんと来ないよ。今すぐ行って、寝るところもないのに」

突然の申し出に面食らって答えた。

「一緒に暮らせばいいでしょ」

とリッキー。

「今、これって……、えーと結婚しようって意味なの、今？」

「うん。いっしょにインドネシアへ行こう」

リッキーはサンドイッチを食べ終わると、パッケージをぐしゃっと握って答えた。そんな話をしたのは大学の売店前だった。

「なんで？　嫌なの？」

乗り気でない表情を見てリッキーが言った。

「そうじゃなくて……急すぎるでしょ。そんなこと言うなんて……」

「インドネシア人と結婚するのは気が進まない？」

リッキーの表情が少し硬くなった。

「私が言いたいのは、こういうことは、もう少しロマンチックに聞くものじゃないかってこと」

「ふーん、僕たち同じ種類の人間だと思っていたのにな」

リッキーの目には不信感があらわになった。少しして「君がイエスって言うなら高級レストランでプロポーズするよ」って付け加えた。

「仕事のプレゼン聞かされているみたい」

「これがビジネスのプロポーザルだったら、断ってから後悔しないって言いきれる？　最後のチャンスだよ。遅くなる前に答えてくれよ」

私は最後までイエスって言わなかった。それからしばらくして私たちは別れた。リッキーはすぐに、次はタイの子と付き合っていたよ。

今は少し後悔している。あの時、彼の提案に乗るべきだった、っていう後悔じゃなくて、その反対。リッキーも私も、お互いのことが好きだってわかってた。私が彼に言い訳を作ってあげなくちゃいけなかったんだと思う。私から「ひざまずいて、プロポーズしてよね。私待たないから、遅くなる前にプロポーズして」って言うべきだったんじゃないかって。もしかして、自分がインドネシア人で私が韓国人だから余計に、私に対して下手に出たくなかったんじゃないかって思うんだ。

韓国の子たちが東南アジアの人たちをどれだけ差別してるかわかる？　冗談めかして私にはこう言っていた。「なあ、東南アジアってワキガきつくない？　お前だいじょうぶなの？」あるいは「ねえ、あんたなんでビュッフェに来てチャーハンばっかり食べているの？インドネシアのチャーハンってそんなにおいしい？」って。多分、リッキーもそう言われているとがわかっていたはず。付き合っている間に、インドネシア人と韓国人の話をたくさんしたのもそのせいだったと思う。

わかんない。ただ彼が結婚を軽々しく考えていただけかもしれないし。とにかく、逃がした魚はイスラム国家の男じゃん。恋愛用の妻、事業用の妻、子どもを産むための妻、なんて何人も結婚するつもりだったかもしれないでしょ。


私が移民に行くと言い出すと、母さんと父さんはそれぞれ違う理由で私を引き留めようとした。

父さんは「二年待ってから行くのはどうだ?」って。私が移民のために準備したお金が、その時の父さんには必要だったんだよね。私たちの住んでいたところは阿峴《アヒョン》の再開発地区だった。私が中学生の頃から、再開発計画が出ていた。父さんは十年近くその再開発だけ眺めて生きてきた。再開発されたら、私たち家族もこのうんざりするような貧乏暮らしから抜け出して、団地に住めるようになって、中産階級のしっぽをつかめるだろうって信じてたみたい。信じようと努力してたみたい。

で、再開発ってやつは、永遠に始まらないと思いきや、私がオーストラリアへ移民の準備を始めたころになって急に話が進み始めた。周りの土地が売れたって話がひそひそと聞こえてきて、ある日うちにも組合員の負担金案内という紙が舞い込んできた。建て替え後の団地で十八坪の部屋に入居するなら負担金はないけど、二十四坪の部屋に行きたかったら一億ウォン(一千万円)払えという内容だった。

「とりあえず父さんと母さんとで頑張って金を準備するけど、ことがうまくはこばなかったら、その時は娘たちの金も少し貸してもらうからな」

ある日の夕食の席で、父さんがそう言った。ふたりが貯めたお金が六千万ウォン（六〇〇万円）ほどあって、つてをたどって二千万（二〇〇万円）借りられそうだけど、それでもあと二千万ウォン足りないって。銀行からはすでにたくさん借りていてこれ以上借りられないって。

初めてその話を聞いたときにはめちゃくちゃ頭にきた。〈娘たちの金〉って言っても、実質私のお金でしょ。ヘナ姉さんは三十になってもスタバのバイトで、妹のエナは昼まで寝ていて、ネットカフェに出勤している。うちの三姉妹の中でまともに金を稼いでいるのは私しかいなかった。そして、その時までに貯めこんだお金がぴったり二千万ウォンだった。セントラルキャンベラ大学の授業料になるお金だった。

その建て替えがめったにないチャンスで、十八坪の部屋よりも二十四坪の部屋の方が後々の価値がずっと高いことは私にだってわかる。心の中は怒りで沸騰していたけど、二千万ウォンを父さんに貸してやると約束した。そして、父さんが二年がかりでその金を私に返し、あるいは私があと二年会社員生活をしてもう一度、二千万ウォンを集めて、それからオーストラリアに行くことで合意した。

その数カ月後、約束を一方的に破棄したよ。三月だからと少し薄着で出勤したのが失敗だった。日付が変わるころから体がぞくぞくして本気で風邪を引いたなあ、って思った。オフィスの空気が乾燥して、喉が裂けそうに痛かった。明け方には熱と頭痛で意識がもうろうとして。でもその日に限って次の日に変わる規定を説明するからって、夜勤組が一時間遅く退社することになっていた。もともとの勤務時間帯だったら出勤時のラッシュが始まる前に帰れるんだけど、その日は会社を出て駅三《ヨクサム》駅のホームに立った時ちょうど午前八時ぴったりだった。

　地下鉄に詰め込まれた人たちを見ると、その中に足を踏み入れるなんて考えられなかったけど、だからと言って地下鉄駅から出てタクシーに乗ればいいって思いつかなかった。あまりに疲れていて「よし、このまま正面突破だ！」とも思ったし、タクシーに乗るなんて最初から私の頭には存在しない選択だったんだよね。

　見ず知らずの他人たちの間に体をねじ込んで地下鉄に乗ったら、目の前のおっさんの息がもろにかかり、反対側のおっさんとは体をこすり合わせつつ汗を流す状況だった。痴漢しようとしてるわけではないけど、あまりにぴったりとくっついているので、むちむちした相手の肉感をお尻で感じることになるわけ。

　目の前には「目も胸も美しく。これからは無痛手術できれいになろう」という美容整形の広告があった。一時間ほどその広告を見ながら考えた。今、この苦痛はすぐに忘れるだろうと。記憶に残らない苦痛は苦痛ではないと。気を失わないようにきつく歯を食いしばっていたので、後から顎が痛くなった。

　阿峴洞の駅で降りて地上にあがると雪が降っていた。なにこれ、わけわかんない。体に触れたとたんに溶けて消える細かい雪だった。薄手のジャンパーの中に風がスースー入ってきた。空気が冷たくて一瞬だけど気持ちがしゃっきりした。足の裏はガラスの破片を踏みしめるように冷えて痛かったけど、指先の感覚はなかった。阿峴市場の路地に入ったときには、体がぶるぶる震えだした。寒すぎて目から涙がぼろぼろ流れた。市場のおっさんたちが巨大なドラム缶に板切れを燃やして火に当たっていて、自分の手をその中に突っ込もうかと本気で思った。

ようやく家に着いたときには倒れる寸前だった。風邪薬を飲んで、ボイラーを最高温度に設定して布団に入ったけど、体が温まらなかった。妹は私が横になっている隣で、オンラインゲームをしていた。彼女なりに私を気遣ってヘッドフォンをしていたけど、コンピューターから出る荒々しい爆発音や悲鳴は、私にもつつぬけだった。ゲームはネットカフェに行ってやってよね、と小言を言う気力もなかった。泣きながら見ると、エナは手袋をはめてキーボードをたたいていた。どんなにボイラーを焚いても床が温かくなるだけで、室内の空気は相変わらず冷えきっていた。寒さに強いエナも手がこわばってまともにゲームができないくらいに。

一体、ここからどこに行けばいいの？　逃げ出せるところがどこにもなかった。来年も、再来年もこんな思いをしなきゃいけないんだろうか。死んだほうがましだと思った。私は泣きながら心の中でつぶやいた。

父さん、ごめん。このまま十八坪で暮らしてもらえませんか。私、ここではとても生きていけません。

数日後、泣きながら父さんに契約破棄を申し入れた。父さんは二十四坪の部屋に住むことになったら、おまえがひとり部屋を使っていいぞと言った。３ＬＤＫだから、父さんと母さんが一部屋を使い、ヘナ姉さんとエナがもう一部屋を使って、残った一部屋を私が使えばいいって。だったら、私がオーストラリアに行って、三人で二部屋を使うのと同じじゃないかと言い返した。

二十四坪の部屋をあきらめると、さしあたり両親が貯めてきた六千万ウォン（六〇〇万円）を使う当てがなくなった。父さんは、この際いつも行きたがっている海外旅行にでも行ってこいとヘナ姉さんとエナに五百万ずつあげた。私には一銭もなく。

ふたりはその金でイタリアに行って半月遊んで帰ってきた。

「他の国には行かずにイタリアだけ行ってくるって？　どういうこと？　行くならついでに他の国も見てきなよ。お金がもったいない」

と口出しするとケナ姉さんは何もわかってない、とエナに言われた。

「いろんな国をばたばた回るより、ひとつの国をじっくり深く眺めるほうが思い出になるでしょ」

ヘナ姉さんもさりげなく、そう言った。

「そんなの金のある家の子がやることでしょうが。私らみたいな貧乏人はロンドンタワーやエッフェル塔の前で一枚ずつ写真撮ってこなきゃだめだよ。ヨーロッパなんて次いつ行けるかわかんないじゃん」

そう言い返したが、姉さんもエナも私の話を聞くそぶりも見せなかった。

ふたりがイタリアへ行っているある日、うちで煮干しの下ごしらえをしていた母さんが急に私に聞いてきた。

「ケナ、あんた本当にオーストラリアに行くの？」

「うん。母さん」

母さんの表情を注意深くさぐりながら答えた。母さんのまなざしは限りなく寂しそうに見えた。

「そう、あなたはやりたいようにやんなさい。でも母さんはちょっとさびしくなると思うよ。子どもとあんまり会えなくなるなんて」

「韓国にはしょっちゅう戻るよ。母さんもオーストラリアへたくさん遊びにくればいいじゃない。オーストラリアで部屋のたくさんある家を買って、いつでも泊まれるようにしておくから」

母さんはうなずきながら、煮干しのはらわたをちぎっていて、ひとりごとのように話しはじめた。

「あんたが小さかった時、このうちにネズミが出たの、覚えてる？　ネズミ獲りにかかると、あんたたちは悲鳴をあげながら喜んで見物していたでしょう」

言われてみるとそんなこともあったような。

おばあちゃんが古紙回収で拾ってきた本を、熱心に読んでいたのを思い出す。小さいときから本が好きだったんだよね。おばあちゃんは『サンデーソウル』みたいな大人の雑誌も気にせず私にくれた。本っていうものは無条件にいいものだと考えていたみたいだ。おばあちゃんは、私が小学校の時にひき逃げされて亡くなった。朝早く古紙を集めようと横断歩道のない道路を渡っているときに。

「だけど、今はうちにネズミは出ない。小さかったころはこのうちも練炭を焚いていたの、覚えてる？　当時はこのあたりみんな練炭だったでしょ。同じクラスのヨンジンって子が、練炭中毒で死んじゃって、あんたは目を真っ赤にしておいおい泣いていた。それから新しい練炭に取り換えるのを怖がっちゃって、エナにやらせようとして母さんが叱ったこともあった」

「そうだっけ？　全く覚えてないけど」

「もう、この子ったら。そうだったんだよ。エナがまだ小学校一年生だった」

そのことは覚えていないけど、子どもの頃エナに様々な使いっ走りをさせていたのは覚えてる。お行儀が悪いってタンスに閉じ込めたこともあったなあ。母さんは話を続けた。

「二十年住んできて、このうちの構造も随分変わったよ。何度も修理して。屋上に上がる階段も台所じゃなくて居間にあったでしょ。私が言いたいのは、ちょっと考えただけでは私たちが昔と変わらなくて、少しも発展していないように見えるかもしれないけど、本当は少しずつ少しずつましになってきているってことなの。かまどがなくなって、石油ボイラーを入れて、ネズミも出なくなって。この国がやたらと早く発展したじゃない、だから……」

そこで話を濁した。私もそれ以上は何も言わなかった。

ヘナ姉さんとエナが戻ってきた日、母さんはうちでサムギョプサルを焼いた。ふたりはサムギョプサルを食べながらもイタリア料理が本当においしかった、あちらでは豚肉はこうやって食べるのだ、などとむかつく話ばっかりしてきた。イタリア観光の自慢話を一通り聞いて食事を終えると、エナがミラノの何とかという由緒正しい菓子店でおいしいお菓子を買ってきたからデザートに食べようと言い出した。

「お姉ちゃん、そこの袋に入っているからちょっと出してくれない？」

エナがわたしの後ろを指さして言った。

「あ、チョコレート？」

クッキーの形をした菓子をいくつか取り出した。

「チョコ菓子は買ってないけどなあ」

エナが首をかしげながら、ちゃぶ台の上においたクッキーを見て急に悲鳴を上げた。

よく見ると菓子は黄色なのに、その表面に蟻がたかって真っ黒なチョコレートに見えていた。ヘナ姉さんも私もぎょっとした。このうちに蟻が多いことは知っていたけどさあ、あの時はもう……。

「いやああ！　捨ててきて、全部捨てて！」

エナが泣きべそになって叫んだ。

「まったく、おまえらは。これしきのことで何を騒いでるんだ。蟻を払ってから食べればいいだろ」

父さんはあえて平気な顔をして、パン切りナイフを持ってくると菓子の表面の蟻をはがして言った。

「さあ、まずは君から。一口召し上がれ」

父さんから菓子を渡された母さんは大きく一口クッキーをほおばると「ああ、おいしいねえ。

子どもらはなにをこんなに騒ぎ立てているんだかねえ」と、平静を装った。母さんは残りを私に差し出したけど当然ながらお断りした。で、母さんが父さんの方を向くと、笑っちゃうんだけど、父さんも「俺は甘いもんは苦手だから」と母さんと目を合わせなかった。

「父さんてば！　何それ。大丈夫だって蟻をはらっておいて。何で自分は食べないの？」

娘たちに突っ込まれながらも父さんはひるまなかった。その間に母さんは手にしていた菓子をそっとちゃぶ台に置いた。

ひとしきり笑った後で「昔もこの家はこんなに蟻が多かったっけ？」って考えた。確かに、以前この家にはネズミが出た。で、ネズミが出なくなったと言って家の衛生状態がよくなったわけではない。ネズミがいなくなってからゴキブリが湧き出して、ゴキブリの次に蟻が出て、ってこと。何かが変わってはいるけど、よくなっているわけではなかった。

小さなころ、近所の市場はずいぶんと繁盛していた。週末には買い物に来る人で足の踏み場もなかった。何年か市場で商売をすれば、すぐに金持ちになれると言われていた。母さんは荷物を持たせるために私とエナを市場へ連れていって、そのたびに市場の入り口でドーナツやコロッケを買ってくれた。だから、その店のおばあちゃんの顔はよくわかっていた。でも、そこでドーナツを売っていたおばあちゃんが金持ちになる様子はなかった。市場も今ではがらんとしている。今どき昔ながらの市場に行く人っているのかな。韓国が先進国になったって、ソウルは昔と見間違うほどに変わったって言うけど、ある町、ある人たちは昔からそのままだ。何も改善されていない。私がだまってここにいたとして、何か良くなるという保証はどこにもない。

修士三学期目が終わり、学期休みになったときにしばらく韓国に行ってきた。家族にも会いたかったし、チキンとジャジャン麺も食べたかった。けど、本当の目的はＩＥＬＴＳっていう英語の試験を受けることだった。ＩＥＬＴＳはイギリスやオーストラリアで採用している英語の試験。ＴＯＥＦＬと似ているけど、面接官の面前でスピーキングを試すからもっと難しい。

オーストラリアで永住権や市民権をとろうと思ったら、オーストラリア移民省が定めたスコアをとらなくちゃいけない。歳は若い方が、従事する職業はオーストラリアが認定する人員不足業種が点数が高く、英語は実力に比例して高い点数が与えられる。韓国人は国で大学を卒業して、オーストラリアで大学院に通いながらＩＥＬＴＳを受けて、点数を稼ぐコースが一般的だ。それがだめならオーストラリア西部の人口十人くらいの村に何年か住んで点数をアップさせないといけない。

ところで、ＩＥＬＴＳはオーストラリアよりも韓国で試験を受けた方が、良い点が取れるという話があるんだよね。だからみんな家族や友達に会うついでに、大学院を卒業する前に一度くらいは韓国に行ってくる。私は西江《ソガン》大で試験を受けた。試験を受けるのに丸一日かかった。ぐったりした。

私のＩＥＬＴＳスコアは八・〇。これは本当に高い点数で、どれほど高いかというと、オーストラリアの人だって簡単には取れない。私は英語の勉強、ほんとうに頑張ったんだから。韓国ドラマは一切やめて、毎日英語のニュースを見て吐きそうになるまで英語の本を読んだ。ヘタクソでみっともなくて恥ずかしくてもオーストラリアの人の前でたくさん話そうと努力したし、夜には人前で口が開かなくなる悪夢も何度か見た。

それほどのスコアが出たので噂になって、コツがあるなら教えてくれといろんなところから連絡がきた。たいそうな秘法でもあると思ったんでしょう。サニーさんもその中のひとりだった。高級リストラン、ドイルズでおごってくれるって。

「ねえ、珍しいものも頼んでみない？　ケナ、あんたカンガルー肉食べたことある。エミューのステーキは？」

サニーさんがメニューを差し出して聞いてきた。サニーさんの夫はワインリストを手にしていた。「お酒も、ちょっといいやつを頼もうか」って。

サニーさんとジェイン、私は同じ留学院と同じ語学学校、同じ大学の同じ科に通っていて格別な仲だった。オーストラリアに来るときサニーさんはすでに結婚して、娘もいて、オーストラリアに来たのはその娘のためだった。その子の知能が少し遅れていて、障碍のある子どもを育てるには韓国よりもオーストラリアの方がいいだろうと判断したってわけ。夫が農場で肉体労働をして金を稼いでいる間、サニーさんが勉強に専念して早く永住権と市民権を得ようという戦略だった。ところが英語の実力がなかなか伸びなくて苦労していた。

「本当に心配で夜も眠れないの。こちらで家庭教師も頼んでいるんだけど、スピーキングがどうにもダメなのよ。今度また移民法が変わるの、知ってるでしょ？　これからは他の点数が高くてもIELTSで六・〇以上ないとダメだって。ボーナス点数をどうにか増やそうって考えていたけど、その手も使えなくなって」

そこまで言って、サニーさんは私の手を強く握った。サニーさんの夫が咳払いをして周りを見回した。それが何か合図だったみたい。

「ケナ、本当にこんなお願い、私も恥ずかしいんだけど……あなた、私の代わりに試験を受けてくれない？」

「え？」

「本当に恥知らずで申し訳ないんだけど。インターネットで調べてみたら替え玉受験の相場は一万ドルだって。パスポートでさっと身元確認するだけだからあやしまれることはほとんどないって。どうせこっちの人は私たちアジア人の顔、見分けがつかないじゃない。あなたと私だったら見た目も似ているし。一万ドルだったら私たち持っているから、その程度のお金は問題じゃないけど、問題はこういうことって詐欺が多くて、替え玉受験してやるって言って金だけ受け取ってばっくれる人も多いそうなの。だから……」

サニーさんがあまりに強く私の手を握っていたので、その指をはがすのが大変だった。

「サニーさん、それは本当にダメです。私もここで市民権をとるつもりなんです。市民権を取った後だったら喜んで協力しましたよ。でも、市民権をとる前にここで前科者になるわけには、いかないんです」

私にどうしろっつーの。

ジェインは、結局大学院を卒業できなかった。その決定には私も一役買っていた。

「おまえのインドの恋人、今日はタイの女の子とカジノへ行くってよ」

ある日、学校から帰りがけにジェインが近づいてきて、しばらくにやにやして立っているなと思ったら、こんなことを言い出した。

「インドじゃなくてインドネシアだってば。恋人でもないし」

訂正してやった。リッキーと別れてすぐだった。

「あー、それって別の国なの？　じゃあなんでそんなに似た名前なんだろうな？」

「ちょっと、あんた恥ずかしいって感情はないの？」

私が突っ込むとジェインは平気な顔でポリポリと頭をかいていた。確かに何も知らないのがいいときもあるよね。ジェインが東南アジアの学生たちを馬鹿にするところは見たことがなかった。最初から関心もないから、馬鹿にすることもないんでしょう。

「お前行かないの？　カジノ」

ジェインは頭をずっとポリポリとかきながら聞いてきた。

「行かないよ。カジノみたいなところ。それに頭ポリポリするのちょっとやめたら。あんまりやってるとハゲるよ」

「あのさ、今日俺と一緒に酒でも飲んでくれない？　おごるから」

ジェインは慌てて頭から手を離して言った。いつもの彼らしくなかった。元気のない姿。

「ん？　なんかあった？　よくないことでも起きたの？」

ジェインは「実は学校辞めようかと思って悩んでる……」と、言葉を濁した。驚いている私に「どっかビアホールでも入って一杯やらないか？」って。ふたりでキングストンへ行ってフィッシュアンドチップスをつまみにビールを飲んだ。

「あと一学期で卒業なのに、今やめたらもったいなくない？」

「もともと会計士をやろうって思ったのは、スーツを着て事務所に座ってるホワイトカラーに憧れがあったんだよ。でも、勉強してもわからないものはわからなかったよ。俺は勉強に向いてないみたいだ。わからないのはともかく、損益計算書だとかバランスシートだとか見ていても全く面白くない。それにぶっちゃけ、この国では事務労働と肉体労働の収入に差がないだろ。ブルーカラーだからって見下す雰囲気でもないし」

ジェインはフォークを指でぐるぐる回しながら言った。

「じゃあ、何がやりたいの？」

「うん、料理」

「料理？」

「今自炊をしているんだけど、俺、料理に才能あるみたいでさ。料理ならやっていて楽しいし。もともと手先は器用なんだよ。刺しゅうだってやればうまいと思う。調理師になるなら修士の学位もいらないし、料理学校で九百時間だったか教育を受けて実習を一年やれば、永住権の申請資格になるって」

「そうなんだ」

うなずいている私に「あんたはどう思う？」って。

「どう思うって？　あんたの考えについてってこと？」

「うん」

「初めはあきれたけど、聞いてみると悪くなさそう。オーストラリアに住むのが目的って言っても、やりたくないことやって生きていくのは無理でしょ。自分がやりたいことやって生きなくちゃね。まだこっちに来てたかだか二年じゃない。二年が惜しくて進路を変えられないって思うのは違うと思う。考えてみると、韓国で高校や大学に行って勉強したことも今ここにいることと全く関係ないし、無駄な時間だったよね」

「そうだよな」

ジェインの表情がようやく明るくなった。私は続けた。

「正直言って、私、サニーさんも会計士の勉強続けるのが果たして正解かなって思っているの。あの人、英語できないじゃん。ここで会計士として永住権をとっても、サニーさんが実際にオーストラリアの会社で会計士として働けるだろうか？　あとで使えない資格のために何を一生懸命勉強しているんだろうって」

私の言葉にジェインも「あの人の英語、全然だめだもんな」って笑った。「それでも、あんたは頑張ったよね。最初はあんたのこと本当にクズだと思ってたもん」って言ってやった。

「俺が？　なんで？」

「あんた、語学学校の頃から毎晩酒飲んで朝の授業遅刻してたじゃん。こいつ頭の中は大丈夫なのかな、って思ってたんだよ。後から生活ぶりを見たら意外とちゃんとしてるなって」

「あれは、夜遊びのせいじゃないよ」

彼は真顔になった。

「じゃあ、どうして？」

「朝早くバイトでビル掃除していたんだ。オーストラリアに来て授業料を払ったら、残った金が二百ドル（一万五千円）しかなくて。それにビル掃除のアルバイトはペイがかなり良くてさ……。でも少しでも遅く終わると、電車に乗れないから授業の時間に間に合わなかったんだ」

ベースジャンプ

じゃあこれから、私がシドニーで体験した、本当にあきれた話をするね。あんた話を盛ってるでしょ、って言われそうだけど、証拠の動画もあるしインターネットで検索すれば関連ニュースも出てくるから。私が本当に再起不能寸前まで追い込まれた事件。

えーと、まずエリーって子を紹介するね。永住権をもらってから最初にフルタイムで働いたのがガールズベリーっていうところで、エリーはそこの同僚だった。美人ですらっとしていて自信にあふれたスポーツ万能ウーマンで、世の中に羨ましいことなんて何もないって子。世界一周ひとり旅の二年目だって。かっこいいことなら何でもやっていた。オーストラリアでは西部を旅して、アデレードとメルボルンを経て最後にシドニーに着いて、ここで資金を作ってニュージーランドに行くって言っていた。ねえ、知ってる？　アメリカ人っておかしいの、どこから来たのか聞くと「アメリカ」とは答えない。エリーも。「あんたどこの出身?」って聞いたら「テキサス」だってさ。

　ガールズベリーは、郊外にあるファストファッションのアウトレット店だった。大学院を卒業してから、そこで店員として働いた。会計学の修士学位と永住権を取ったといっても、簡単に会計士の仕事につけるわけじゃないでしょ。オーストラリアは観光業や鉱物の輸出に大きく依存している。だから世界金融危機の後、この国の経済は復活できてなかった。まあ、金融危機ってやつはアメリカ発のが通り過ぎて、次はヨーロッパ発のが来たっていうでしょ。仕事のできる経理担当者も、会社から追い出されているときだった。私みたいに実務経験もなくて英語も上手じゃない会計士を使ってくれるところはなかった。

　それでも、服屋で客に心にもないお世辞を言うとか、返品したい客に対応するくらいの英語ならできた。それにもう学生ビザではないから、時間制限なくフルタイムで働くことができた。その店でエリーに会ったんだ。

　韓国人って、上司とかお客様の前では自然と腰が低くなるでしょ。でも私と違って、エリーはいつだって堂々としていた。一度、私が本社の職員に些細な理由で叱られたことがあった。うちの職場で一番多いのが試着室で客が脱いでいった服を丁寧にたたんで、もとの場所に戻す仕事だった。その量もめちゃくちゃ多い。それに売り場もとんでもなく広い。パンプスで働いたら膝がガクガクになる。だから、パンプスじゃなくてコンバースで働いていたんだけど、店の視察に来た本社社員がそれに文句をつけてきた。

「服を売る側が、おしゃれをしなくちゃだめでしょう?　お客様たちはコンバースをはいたあなたから、服を買いたいと思うかしら?」

本社の職員に叱られているときに、横からエリーが割り込んできた。

「そうですね、うちの服を買っていく人たちはパンプスよりもコンバースが似合う人じゃないでしょうか？　それに私の目にはパンプスを履いているあなたよりも、キエーナの方がずっと素敵に見えますけど？」

その言葉を聞いた本社社員は顔色を変えたけど、何も言い返せなくて行ってしまった。本社の人がいなくなってからありがとうって言ったら、エリーが私にひとこと言ってきた。

「あの女、あなたのことを不当に扱ったんだよ。そんなときに黙っていたらだめだよ」

「これがテキサス式対処法なのね。羨ましい。私、そういうの慣れてなくて」

「テキサススタイルじゃなくて、これがグローバルスタンダード」

彼女はあれやこれやかっこいい趣味が多いって、さっきも話したよね。シドニーにいる間、エリーは平日にはガールズベリーで働いて、週末にはエクストリームスポーツにはまっていた。彼女の話では、フリークライミングとスケートボード、スネークボードはすでにセミプロ級だって。自転車のフリースタイルはシドニーに来てから始めたんだって。ボンダイビーチでは一度一緒にサーフィンもやった。これがもう、陸上選手とヨチヨチ歩きの赤ちゃんが一緒に遊ぶようなものだった。

なんていうか、その時はエリーがロールモデルだったみたい。毎週月曜日になると、彼女が週末に楽しんできたエクストリームスポーツを面白おかしく話してくれて、私は夢中になってその話を聞いた。その中にエクストリームアイロンてのがあった。ビルの屋上の手すりとかでアイロンをかけるんだけど、彼女が言うにはそこまでするのは写真を撮るためなんだって。

事件の起きた日、エリーと私はメリトンサービスアパートの五十八階バルコニーでバーベキューパーティーを開いた。そのころはシェアハウスの運営で副収入もあったって話、したっけ？　英語ではランドロードって言うんだけど、韓国の留学生はマスターって呼んでいる。

シェアハウスを転々としながら、自分の家、自分の部屋ってものに恨みが募っていたんだよね。もともとそういう恨みがあったって言ったでしょ。三十になるまでひとり部屋を使ったことがなかったって。それに、調べてみたらシドニーの家賃は意外と安かった。それまでソウルの家賃で考えていたんだ。特に、世界金融危機の後は物件がゴロゴロ出てきた。私なりに狙っている顧客層もあった。無条件にただ安いところより、少しお金を払っても男子がいなくてある程度プライバシーも保証されるところに住みたいって女の子たちがターゲット。韓国で少し裕福な家の娘さんたち。そういうとこの子たちは、だいたいまじめでおとなしいしね。

メリトンサービスアパートメントはケントストリートにある。ダーリングハーバーの近く。ランドロード生活をしている時にメリトンの出している賃貸物件を見つけて、実際に行ってみると一目で気に入った。メリトンに六週分の賃貸料を保証金として払って、その物件を丸ごと借りて下宿生を十人受け入れた。

下宿生たちには掃除当番をきちんと守ります、っていう誓約書を必ず書かせた。友達を連れ込むのも禁止した。だからあの日、私が夜中にエリーを連れて帰ってバーベキューパーティーをしたのもアウトだった。

「人生を価値あるものにしたかったら、危険を顧みちゃダメだよ。キエーナ」

エリーはバルコニーの手すりにもたれて言った。だから自分はエクストリームスポーツをするんだって。その日は彼女がガールズベリーをやめた日だった。

「でも、失敗したらどうするの？　怖くないの？　障害が残ったり、死んだりしたら……」

「死なないよ。それに、死ぬのも悪くないね」

と答えて私に写真を撮ってほしいと言った。バルコニーの手すりにもたれた姿を携帯のカメラで何枚か撮ってやると、次は動画に切り替えてって。

「動画？　なんで？」

「危険を顧みずに生きるって、どういうことか見せてあげる」

エリーが持ってきた大きなデイパックを背負っている間も、私は彼女が何をしようとしているのか予想できなかった。ああ、バカだった。そのデイパックはストラップだけじゃなくてハーネスまでついていたのに。

止める暇もなく、エリーはかっこよくバルコニーの手すりを乗り越えた。そして私にウインクするとシドニーの夜の街に飛び降りた。その瞬間も私はアイフォンの動画撮影モードを止めずにいた。その姿を彼女が撮ってほしいって言ってたんだから。慌てて手すりに駆け寄ると、高層ビルの森の間にかっこよく舞い降りる白い落下傘が見えた。美しかったなあ、その時は。本当に眩しかった。うちのバルコニーに連れて行けってしつこく言われていた理由も理解した。

ＩＥＬＴＳを受けに韓国に行ったときに、何年振りかで大学の友達ともあった。まあ、会って明るいうちから酒を飲んだよね。

「クソ姑が、何日か前に宅配を送ってきたんだよ。開けてみるとおこげスープやなんかいろいろ入ってんの。一緒にメールも来てね。ウネさんは、朝ご飯作るのが大変そうだから、簡単にできるように宅配で送りましたよ、って。これ、どういう意味か分かる？　うちの子に朝ごはん作れってことでしょ。でもさ、うちの夫は朝ご飯食べない人なの。中学の頃から朝ごはんは一度も食べなかったって。もしもしー、あなたの息子さんの会社、地下食堂で朝ごはん無料ですけどー？　自分の子どものこともわかってないんだよ」

飲んでいる間中ウネは姑の愚痴だった。他の子たちの反応を見ると、私が来る前に何度も同じ話をしたのでしょう。みんな聞いちゃいない。

「ねえ、どっかのサイトがフリーズしたときに私がどうすると思う？　こうかなーってやって、だめならこっちかなーってやってみて、じゃあこれならどうかな、あれならどうかな、ってサイトが動くまでずっと片っ端からあちこち適当にやってみるわけ。そうやって適当に時間をつぶしていると、最後には何がどうなってサイトが動き出したのかわからない。私だけかなと思ったけど会社の人たちみんなこうしてる。だから、経歴が重要なんだよ、ＩＴ業界では。そう言っといて口ではシステム統合がなんとか、笑わせるわ、全く」

ミヨンは相変わらずIT企業に勤めていた。相変わらずコンピューター音痴だった。

文字通りあくびをこらえながら、彼女らの話を聞いてあげた。よくよく聞いてみるとそれぞれ興味深い。彼女たちは話しぶりもすっかり板に着いて、でも不思議なくらいにつまらなかった。

最初のうちは、その日長々と八時間も試験を受けてきたから、頭がぼんやりしてつまらないんだなあと思った。でも私の頭はちゃんと動いていたよ。酒が入ると口もなめらかになって、人のジョークにもうまくつっこんでさ、きつい言葉も何度か飛び出した。じゃあ、オーストラリアに住んで韓国の話に関心がなくなったんだろうか。それも違う、っていうのはそれまでも韓国ドラマやトレンドの話は、相変わらず興味があったから。キョンユニが歯のラミネート手術をした話は腹を抱えて大笑いした。自分よりずっと年下の薬学部の同級生たちと、酒を飲んで酔っ払って転んで、歯が欠けたんだって。ジミョンの話が出たときは、心の片隅がひりひりとした。彼、就職浪人までしてようやく記者としてテレビ局に就職したって。たいしたものだよね。

実際、退屈な話は二種類だけだった。ウネの姑の話、そしてミヨンの会社の話。それなのに、ウネもミヨンもその二つばかり長いこと話していた。何年も前にギャーギャー言っていたのと、内容も変わらなかった。この子たち、きっとこれからも何年たっても相変わらず同じ話をしているんだろうな。正直、状況を変えようとする意志そのものがないんでしょう。彼女たちが望んでいるのは「わあ、今どきそんな嫁いじめする姑がいるんだね。会社もひどいよね、韓国ってどうしてこんなに遅れてんのかなあ?」って共感してあげることで、根本的な解決策ではない。根本的な解決策って疲れるし、実行しようと思えば相当な勇気が必要だから。会社の上司に向かって「こんなのできません」って、姑に向かって「それは嫌いです」ってずばっと言い切るのが怖いんだよ。あの子たちにとっては今の生活がくれる安定感と予測可能性がとっても大事。

シドニーでは毎日小さな、大きな冒険をしてきたからか、昔の友人たちが薄っぺらく見えた。私の選択がましだったとか、私の方が賢いとは言えないけども……。「オーストラリアに来るときは連絡して。私、死ぬほど見晴らしがよくて、とんでもなく広いマンションに住んでいるから」って、携帯番号と新しくしたメールアドレスを教えて、席を立った。頭が痛いって言い訳しながら。

家に帰ると、ちょうどエナが親とひとしきり戦争を繰り広げたところだった。エナは、もう何年間も末端公務員試験の準備をしていた。でもそのころオンラインゲームで知り合った男と付き合いだした。相手は弘大《ホンデ》のクラブで活動するベーシストで、他には特に職業はなくってコンビニでアルバイトしているんだって。それだけ聞けば、わかるよね。

夕ご飯の時に、その彼の話が出たみたい。「その人とは恋愛だけにしておいて、公務員試験に合格してから堅実な人と付き合えば」って母さんが冗談半分に言ったのが、悪かったみたい。エナは公務員試験に受かろうが落ちようが、彼と結婚するって言ったんだって。母さんは「まあまあ、そのうちわかるよ」ってなだめて、エナは「なんで子どもの恋愛にまで干渉してくるの」ってむきになって、母さんが「公務員試験の準備しているはずなのに恋愛すること自体がおかしいでしょ」って咎めて、エナが「お金を稼げなかったら恋愛もしちゃいけないってことなの？」って……。

私が家に帰った時、エナはもう何時間か屋上に上ったきりでひとりで抗議をしていた。母さんは優しいから、かわいそうなことをしてしまった、って顔でそわそわしていた。私だったら一晩屋上で寝れば、って言っただろうけど。

「あんたちょっと行ってきてくれない？　ケナ、あんたエナと仲いいでしょ」

子どもの頃、あれほどエナを使いっ走りにして絞られていた私が、いつの間にか家族の中でエナと一番の仲良しになっていた。ヘナ姉さんはとにかくおっとりしていて、一緒にいてもつまらなかった。私もエナも同じくらい父さん母さんに負い目があって、だから気が合った。

冷蔵庫からサンザシ酒をひと瓶出して、台所横の鉄製の階段から屋上へ上った。エナはスマホでゲームをしていて、私を見て慌ててスマホを隠した。

「母さん、すごく怒ってる？」

落ち込んだ様子でこっそり私の表情を探ってきた。ひとりで冷たい風にさらされていたからか唇が青くなっていた。でこぴんの一発でもくらわしてやりたくもあり、抱きしめたい気持ちにもなり……。

「おとなしく待っててよ、下から何か着る物持ってくる」

と言って、うちに降りて行ってジャンパーと毛布、酒、それから蚊取り線香をもって戻った。屋上の真ん中にあるベンチに毛布を掛けて、蚊取り線香に火をつけて、サンザシ酒を開けた。

「ケナ姉さんもバンドマンと付き合うの、ないわーって思う？」

「やっぱり韓国ではバンド活動は金にならないから……ねえ……」

急にジミョンの家族を思い出して、私は最後まで言い切れなかった。私がエナの恋愛に反対するのが当然のことだとしたら、ジミョンの家族が私との結婚に反対したのも同じ理由で正当化すべきでしょ。

「私の味方になってくれると思ったのに」

「どうして？」

「お姉ちゃんは、父さん母さんの反対に負けずにオーストラリアへ行ったから」

私は黙っていた。私の考えでは、それとこれとは完全に別の問題なんだよなあ。私がオーストラリアへ行くのは、自分の身分を高める可能性があるからで、エナがベーシストと付き合うのは、たいして高くもない今の身分をさらに低くする可能性が高い。冷静に考えてみて。そんなこと二十代でとっくに決まってしまって、三十代になってから変えるのは簡単じゃない。

「お姉ちゃん、彼、才能あるんだ。いつか急に人気が出るかもしれない」

私が黙って聞いていると、エナは彼が作曲した歌だとスマホで音楽をかけてくれた。聞く人の心を寂しくさせるような力があることは認める。でも、人気が出るかどうかは正直よくわからない。その歌を聴きながら、ふたりでサンザシ酒を飲んだ。ひと瓶空けてから、私が家に降りて焼酎をもって戻った。

ＩＥＬＴＳの勉強をしているときに、英語の問題文で読んだ話をエナに聞かせてやった。

「ねえ、エナ。パラシュートを背負って、飛行機から飛び降りるのとビルのてっぺんから飛び降りるのと、どっちが危険かわかる？」

「どっちが危険なの？」

妹は、いきなり何を言い出すのかと怪訝な顔をした。

「ビルのてっぺんから飛び降りるほうが、ずっと危険なんだって。高いところから飛び降りる人は、地面に落ちる前に体を動かして姿勢を変える時間があるの。でも低いところから飛び降りた人にはそんな余裕がない。ヤバい！　と思っている間に、もう体が地面にぶち当たってばらばらになっているわけ。高いところから落ちる人は、パラシュートがひとつ開かなかったら予備のパラシュートを開けばいいけど、低いところから落ちる人にはそんな時間もない。パラシュートがひとつ開かなかったら、それまで。だから低いところで生きる人は、どん底まで落ちないように注意しなくちゃ。低いところから墜落する方が危険なんだよ」

ビル（Building）やアンテナ（Antenna）、橋桁（Span）、絶壁（Earth）からパラシュートを背負って飛び降りる、そういうのを頭文字をとってベース（ＢＡＳＥ）ジャンプっていうんだって。

エナに話してやったときには、まだ文章で読んだだけだった。それからすぐに自分の目で目撃することになるとは思わなかったよ。エクストリームスポーツの中でも一番危険な種目だって。死ぬ確率がスカイダイビングの四十倍も高いってさ。これを教える教育機関がアメリカにはあるんだけど、百回以上スカイダイビングをした人しか教えてもらえないんだって。

　エリーは当然、そんな教育を受けてなかった。だから、ケントストリートに着地した時、片足が砕けた。それにちょうどその時期は、シドニーに爆破テロの警告が出ていた。高層ビルからパラシュートが広がるのを見た瞬間、警察が出動した。警察は片足でぴょこぴょこ逃げ出すエリーに銃まで向けていた。エリーはその場で逮捕されてパラシュートは押収された。

　次の日の朝、この事件はオーストラリアのトップニュースになった。大体、事件事故がない国だから、夕方のニュースにも出て、翌朝のニュース、翌日夕方のニュースでも繰り返された。

　何日か後にメリトン社の職員がひとり、予告もなしにやってきてうちの中を探っていった。私がいない間に来て帰ったらしい。そしてさらに数日後、建物の管理事務所の所長が、何かの紙を一枚持ってやってきた。読んでみると、退去要求書だった。メリトンの企業イメージを失墜させたことに関して、損害賠償金として十万ドル（七五〇万円）を払うか、さもなければ月末までに異議申し立てなしに家を空けるかのどちらかを選べという内容だった。まったく訳が分からなかった。

「月末までに家を出ろって？　保証金もなしに？　リチャード、ここには退去事由も書かれてないでしょう？」

「キエーナ、そんな質問するなんて、本当に事情がわかってないのか？」

「パラシュートで飛び降りたのは私じゃありませんよ」

「しかし、彼女を家に上げたのは君だろう。あのパラシュートガールが君の家のドアを壊して入ってきたなら、彼女を住居侵入で訴えればいい。しかし、君がドアを開けたなら君の責任だ」

「こんなのお話にならないでしょ。メリトン社の人と話さないとだめだね。この建物はそれほどの高級アパートメントなんだから、ってことでしょ？　私を引っ張り出したかったら、新聞に載る覚悟をすることね。メリトン本社の前でひとりデモしてやる。保証金なしでは、どこにも行かない」

「キエーナ、やめなさい、これは本当に君のことを思って言っているんだよ。本社の調査は終わっている。君の家には十人以上住んでいるんだって？　ベランダに住んでいる人までいるっていうじゃないか。聞き分けよく引き下がらないと、メリトン社は君を住居法違反で告発するだろう。証拠写真もそろっているよ。前科者になったら市民権の取得も絶望的。それでもいいのか」

　パラシュート事件で私は一文無しになった。エクストリームスポーツなんかやらなくても、私の立場はもともと崖っぷちにぶら下がっている状態だったのに、そんなこともわからなかった。

　メリトンからは保証金を返してもらえなかったけど、私は下宿生たちから預かった前払いの家賃を吐き出さなきゃいけなかった。しかも、一種の投資だと思ってベッドやテーブル、テレビ、冷蔵庫、洗面道具、炊飯器なんかの備品も買って準備しておいたんだよ。塩、コショウから醤油、バターなんかも大容量パックで買っておいた。そういった家財道具があったほうが家賃を高くできるから。それなのに、全部捨てるか、タダ同然で売り払わなくちゃいけなかった。

その時は、通帳の残高が百七十ドル（一万二六〇〇円）まで減っていて、毎晩お金の心配で眠れなかった。朝起きたら髪が真っ白になるんじゃないかと思った。

エリーにも一度会いに行った。一部だけでも補償してもらえないかと思って。彼女は警察の取り調べから解放されて入院中だった。私に向かってもなんていうか、テキサス式の論理を繰り広げた。

「あなたが被った被害は申し訳なく思ってる、キエーナ。でも私がやらかしたことの責任は、果たしたよ。裁判も受けて罰金も払ったんだから」

「でも、あなたのせいで、私は家を追い出されることになったんだよ。四年間ためてきたお金も全部なくした。謝る気はないの？」

「もちろん私も申し訳ないと思う、キエーナ。でも、私にしてあげられることはないよ。これ以上なにかする義務もないし」

「私の損害は、あなたの責任でもあるでしょう」

「いいえ、オーストラリアの法律によれば、あなたの損害はあなたの責任。あなたの家の管理責任は、私にじゃなくてあなたにある。少なくとも私の考えでは。あなたの考えが私と違うなら、法廷で争えばいい」

再び、シェアハウスに引っ越しすることになった……、それもカーテンで区切ってリビングに住むタイプに戻った。引っ越しの日、ジェインが手伝いに来てくれて、自分の引っ越しみたいに全部仕切ってくれた。家を出る前の掃除が義務なんだけど、ふたりで広い部屋を掃除し終わると、ぐったりして荷物を持つ気力もなかった。

「長い目で見りゃ、こんなのどうってことないって。おまえ、もう永住権持ってるだろ。いい勉強になったって考えりゃ……」

ジェインがぼそぼそと話しながら、私の大きな移民カバンをひいてバスから降りるときにバスの階段に引っかかってカバンのキャスターがポロリと取れた。新しい家まではまだ一ブロック以上も歩いて行かなくちゃいけないのに、キャスターの取れた移民カバンを地面に引きずっていくなんてできなかった。だからって持ち上げていくには大きすぎる。ジェインがその巨大なカバンを抱き上げたり押したりして困っているときに、私は足の力が抜けて地面に座り込んだ。それまでこらえていた涙がぼろぼろと流れ落ちた。

「ああ、全く役立たずだな。泣くなよ。俺が何とかして新しい家までもっていってやるから」

ジェインは大見得を切って、私は道端で子どものようにわんわん泣いた。ようやく口に出た言葉が「私を置いてひとりで行って。もう歩けない」だった。

「ここでこのままちょっとだけ待ってろ。住所書いたメモ、どこに行った？　俺が荷物を全部そこにおいて戻ってくるから」

「もう、いいってば。ほっといて」

ジェインは移民カバンを子どものように背中におんぶした。

「車が走ってきても、絶対飛び出すんじゃないぞ、わかったな」

私の性格をよく知っているジェインはそう言っていなくなった。私はもうひとつのトランクとバックパックとともに、ぼんやりとしゃがんでいた。

壊れかけの移民カバン、トランク、そしてバックパック。オーストラリアに初めて来たときと同じ荷物。移民カバンが壊れたのはジェインのせいじゃない。カバンだって四年の間、自分の役割をきっちり果たした。カバンの問題じゃなくて、何度も引っ越しして、その間定着地さえ見つけられなかった私が問題。一体、オーストラリアに何しに来たんだろう？　私、どうして生まれてきたんだろう？　苦労するために生まれてきたのかな？　私以外のみんなも、私みたいに苦労しながら生きているの、本当に？

そうやって朦朧《もうろう》としている間に、ジェインは移民カバンを新しい家に置いて、スーツケースとバックパックも持って行った。最後に私の腕をつかむと自分の首に巻き付けて私と荷物をずるずると引きずった。ジェインの体から甘酸っぱい汗の臭いがした。


「ジャジャーン！　今日のスペシャルメニューはガーリックシュリンプとシーフードプラッターでーす」

厨房からジェインが皿をささげて出てきた。私を含め、遅番のウェイトレスたちが拍手で迎える。

ドイルズの二階だった。大きなガラス窓の向こうにオペラハウスが美しく見えていた。でも、音楽は流れてなくて、ろうそくの明かりも全部消えていた。私たちが座っている席を除いて、他のテーブルの椅子はすべて片付けられていた。

一日が終わると、たまに、こうして調理師がその日残った食材で簡単な夜食を作りウェイトレスと一緒に食べる時があった。マネージャーたちもこんな習慣を問題にはしなかった。最高級レストランだけあって、材料が少しでも古くなるとどうせ捨てることになっていたからね。それにしても、その晩の賄《まかな》いは立派すぎた。

「ワーオ、これはゴージャスすぎない？　客に出すメイン料理よりも高級に見えるよ」

オランダから来たローナが言った。

「今日はキエーナが遅番だからね。ジェーンはキエーナが好きなんでしょ？　恋人のための料理ってこと」

南アフリカ出身のステラが言う。ちょうど、ある夫妻がほとんど飲まずに残したワインがあって、それを各自のグラスに注ぎながら。馥郁《ふくいく》たる香りは紙パックのワインと比べ物にならなかった。

「ジェーンがキエーナを好きだって？　あんたたちレズビアンだったの？」

ローナが顔をしかめて聞いてきた。ジェインは名前のことで自分がからかわれてるのも聞き取れていなかった。何も言わずににこにこしているのを見て、私もひとこと。「実は、私が男役なの」。

自分が働いているレストランでウェイトレスをしてみないかと、初めてジェインに言われたときは「また食堂のホールスタッフに逆戻りか」と思って、悲惨な気持ちになった。

いくらガールズベリーより時給が高いといわれても、ウェイトレスはウェイトレスじゃん。

でも実際に働いてみると、ドイルズのウェイトレスはオーストラリアで経験したどんな仕事より良かった。基本給も高いけど、それと変わらないくらいのチップを受け取ることができたんだ。オーストラリアにはチップ文化はないんだけど、ここはオペラハウス横の高級レストランだからか、外国人の観光客が従業員にチップをくれた。福利厚生もよくて制服を着替える更衣室も男女別にあって、それとは別に職員休憩室もあった。

ウェイトレスの中でアジア人は私しかいなかった。ある程度見た目で採用されているみたいだけど、それよりも重要なのは英語の実力。こういうレストランに来る裕福な観光客はウェイトレスと長く会話を楽しみたがる。今日はどんな肉がおすすめなのか、もしかしてカンガルー料理はないか、食事のあと軽くダンスするような店はないか、などなど、あらゆる質問をされる。

豪華すぎる賄いを食べた後、銀の食器に薬剤を塗り、塩コショウを詰めなおしてから着替えた。更衣室から出ると、韓国のワーホラーが来て皿洗いと床掃除の準備をしていた。

ジェインは更衣室の前で私を待っていた。

「ローナんちでパーティするって、あんたも行くつもりある？」

「いや、招待されてもいないのに。それに先週もパーティーしただろ。ローナんちで。おまえが行きたかったら行けば？」

「別に行きたくはないけど、ちょっと飲みたいな」

「嫌なことでもあったのか？」

「そうじゃなくて、元カレの誕生日なの。六年間、この日は無条件に酒を飲む日って決めてきたから、何もしないとやり残した感じがして」

ジェインの表情を見ると、冗談だと思ったみたいだった。「どっか、ビールでも飲みに行くか？」って聞いてきた。

「いいけど、金曜日でも、入れるかな？」

シドニーの通りは平日の夜は閑散としているけど、金曜の夜になるとソウルの花金《はなきん》も顔負けだった。男たちはかっこつけて、女たちは胸の谷間の見えるドレスを着て外に飛び出す。急にいたずらっぽい気持ちになる。


「今日は俺が」

ジェインは私の手から瓶を受け取ると、きざなオープナーで手際よくコルクを抜いた。リカーショップで三十七ドル（二七七五円）出して買ったオーストラリア産のシャルドネだった。もっと高いのを買おうとしたのを私が止めた。プラスチックだけどワイングラスも一緒に買った。

「こっちに来て初めて飲んだ安ワインを思い出すな。四ドル（三〇〇円）だっけ、あれ」

私が笑いながら答えた。

「サングリア用のワインをそのまま飲んだんだよね」

ジェインはグラスにワインを注ぐと私に手渡し、すばやくワインボトルをカバンに隠した。野外で酒を飲んでいてもボトルさえ見えないようにしていれば、警察もうるさくはない。シャルドネからは馥郁たる香りがした。

そうやってドーズポイント公園のベンチに座ってオペラハウスとシティの夜景を見ながら、言葉もなくワインを飲んだ。ジェインは私の様子を探っていて、もう知らんぷりもできなくなった。

「どうして、こんなにやさしくしてくれるの?」

「それは……」

ジェインが頭をポリポリとかいているので、私は笑ってしまった。ジェインが続けた。

「なあ、俺たち来るとき同じ飛行機だったって知ってる?」

「そうだっけ?」

「うん。通路を隔てて一列後ろにいたんだ。だから俺からはおまえの姿がよく見えた」

「私が? で、すてきだなって?」

少しびっくりして聞いてみた。

「うん。スチュワーデスが来て飲み物を聞くとき『ウッヂュー ライク サムシン トゥドリンク?』って聞くだろ。それを、おまえ、三回も『アイ ベッグ ユア パードン?』って教科書通りに聞き返しただろ。発音もひどいのに。俺はその時はまだ英語が下手だってばれるのが嫌で、わざとコングリッシュを使ってたんだよ。だから内心おまえを見ながら、すげえ、勇気あるなって思ってた。あのスチュワーデス、おまえにすごい不親切だったのに、ジュースとか受け取るたびにいちいち『サンキュー』って言っていたよ。次の日に留学院の事務室で会って、すごい驚いたなあ」

ジェインの言葉を通して聞くと、あの当時を思い出して顔が赤くなる。ひとことでも多く英語を頑張ろうと心に誓っていたころだ。

「でも、空港で一緒にならなかったでしょ？　留学院の社長夫婦が出迎えに来ていたのに」

「ああ、俺は泊まるところを別に抑えていたからな。あの夫婦は留学院を通して宿泊先を手配した人だけ迎えに来るんだ。で、その宿泊先は、ひでえぼったくりってわけだ」

「だったら、最初の頃どうしてあんなにやさしくなかったの？　こっちはとんでもなく礼儀知らずのガキだと思ってたよ」

うなずきながら聞き返した。

「俺、自信がなかったから。きれいな女の人は俺なんか相手にしてくれないよ。金もないし、いい学校出ているわけでもないし……」

ジェインはそう打ち明けた。

「今は？　今は自信ある？」

「今は、少し自信がついた」

「へえ、どうして？」

「料理学校に通いはじめて、ちょっと余裕が出てきたみたいだ。料理学校ではよく褒められるんだ。ドイルズでも認められてさ」

「たしかにそうだね。他のウェイトレスたちもあなたが作った賄いが一番おいしいって言ってる」

「あれは材料がいいから誰が作ってもうまいよ。でも家で作る料理もうまいんだ。すぐには無理かもしれないけど、いつか、将来自分の名前のついたレストランをやりたい。俺さ、実はどっかで何か習ってやってみて褒められたの、生まれて初めてなんだ。韓国にいる間は、一度もそんなことなかった。男って単純だよな。会社で認められたら顔をあげて胸を張って、そういうのが男ってもんだよ」

霧囲気から見て、私に告白しようとしているみたいだけど、どうしようかな、と思った。ちょっと惹かれていたのも事実。それまでに情がわいたというのもあるし、それに私は押されると弱い。

「なあ、ケナ、もし俺が……」

ジェインがもじもじと何か話そうとしたとき、急にカバンの中で携帯のベルが鳴った。液晶を見ると韓国からの電話だ。こんな夜中に一体何の電話？　ジェインにぎこちなく笑いかけて電話に出た。かけてきた相手はしばらく何も言わなかった。

「もしもし？　ご用件は？」

「ケナ、僕だよ、ジミョン。アンニョン？　あの……元気？」

「あ……。うん、元気。あなたは？」

「僕も元気だよ。ミヨンが君の連絡先を教えてくれたんだ。去年、韓国に来てたんだって？」

「うん、でも、ほら。今すごく遅い時間だから、あんまり長く話せないの。用件があったら後からかけなおしてくれない？　明日の夕方とか……」

「いや、じゃあ、今話すよ。二分だけ時間をくれよ。僕、君がいないと生きられないみたいだ。その話をしようと思って。今日でちょうど三十歳になった。一日中考えてた。自分の人生のこと、誰と生きていくべきかってこと。それで、結論が君だった。僕が一生一緒にいたい人は、君しかいないんだ。今すぐ韓国に帰って来てくれって言いたいわけじゃない。でも、僕はずっとここで君を待っている。一生待っていてもかまわないと思ってる。愛してるよ、ケナ」

その話を聞いていると、心臓が落ち着かずにドキドキしてきた。

私が今、誰かと付き合っているかどうかさえ確認しないんだろうか？　まるで……自分を救い出してくれる人は君しかいないといいながら、屋上から飛び降りる人みたいだった。パラシュートを持っているかどうかもわからない。

パブロ

オーストラリアでは永住権を取ってから一年で市民権を申請できるんだけど、申請時までに四年の居住歴が必要なんだ。その四年間でオーストラリア以外の国で暮らす期間を合わせて一年以上になるとだめで、特に申請する前の一年間はオーストラリア以外の国に暮らす期間が三カ月を超えてはいけない。私には関係のない条項だった。ＩＥＬＴＳを受けに一度韓国に帰国した以外は、オーストラリアどころかシドニーを抜け出したこともないんだから。言い換えると、市民権の申請前に二カ月半ほど外国に行ってきてもいいってこと。

ジミョンは、休暇をとれるからどこか一緒に遊びに行こうと言ってきた。ちょうどその時ドイルズは改装で休業が重なった。彼と一緒にあちこち調べてみてバリへ行くことにした。オーストラリアから近くて韓国からも遠くなくて、プール付きのヴィラで二日間遊んで、海の見える小さなホテルでもう二泊した。ジミョンがちょっとやりすぎなくらい新婚夫婦ごっこをしているのが気になったけど、実は私も浮かれていた。オーストラリア以外の海外旅行は初めてだったし、それにジミョンのプロポーズにすごい感激してた。「死ぬまで待っていてもかまわない。愛してる」だって。ふわふわと浮かぶような気持ちになった。「あといくら残っているかな?」なんて心配しないで、お金を使うのも私の人生でこの時が初めてだったと思う。買おうかなどためらっているとジミョンがすぐさま財布を開いて、聞きもしないでジミョンが買ってくれた。

バリ旅行を終えて、一緒に韓国へ行った。ジミョンがマンションを買ったので、二カ月一緒に暮らすことにした。市民権をとってから韓国に戻ればいいって。それからふたりで韓国に住んで、年を取ってからオーストラリアに行こうって。オーストラリアの永住権はふたりの老後の対策に取っておこうというわけ。オーストラリアの国民になれば、遊んでいても失業年金が月々出るし、大病にかかっても医療費は無償。初めて家を買う時も二万ドル（一五〇万円）ほどの支援があるし、子どもが大学生になったら学費も数万ドル支援される。いいことずくめでしょ。オーストラリアの永住権は韓国のお金で十億ウォン（一億円）くらいの価値があるんだって。

ジミョンは同棲のことを両親に知らせなかった。記者試験の浪人中に、親との関係が完全に変わってしまった。そのときは、両親にずいぶん反対されたみたい。ジミョンは家を出て安いワンルームに住んで、その間親とは口もきかなかったって。で、見事テレビ局の記者になったでしょ。だから結婚も強行すればいいんだって。自信がみなぎっていて、頼もしかった。彼の話をうのみにしたわけではなかったけどね。

韓国に来てからジミョンが仕事に行っているときには、友達をうちに呼んで楽しんだ。

「いいとこ住んでるね。何坪あるの？」

一番に到着したミヨンが、いきなり坪数から聞いてきた。ウネとキョンユニも申し合わせたみたいにまずは同じことを聞いた。何を食べるか決まらなくてああだこうだと言い合ったあげく、選択は私に一任された。不思議なものを食べてみたい、私がいない間に出た新メニューは何があるのかと聞いてみると、いろんなメニューの名前を挙げてくれた。とりあえずチーズタッカルビとスイートポテトピザをまず注文した。

「酒も頼まないと」と言ってキョンユニがどこかに電話を掛けた。「バドワイザーをふたパックと、チャミスル（焼酎）ひと瓶、それとビタ五〇〇（栄養ドリンク）を四本ください」

「どこに電話しているの？　そんなものまでデリバリーしてくれるの？」

驚いて尋ねると、「これ、ほんとに便利なんだよ」って、宅配専門スーパーの電話番号を教えてくれた。二十四時間、なんでも届けてくれるんだって。ミネラルウォーターひと箱でも。私が感心しているのを見て、キョンユニが掃除代行サービスは知ってるかと聞いてきた。

「これな、まじで新世界だよ。家政婦とは別物だ。運営は大企業で、ほんとうにちゃんとしてる。窓枠から電気の笠まで全部拭いて、洗濯もしてくれるんだ」

掃除代行にも何種類もプランがあって、基本は四万ウォン（四〇〇〇円）からで、それに数千ウォン追加すれば冷蔵庫掃除や作り置きのおかずも作ってくれるんだって。

注文した食べ物は三十分もたたずに届けられ、クレジットカードを両手で受け取ると配達員は九十度のお辞儀をした。キョンユニが〈ビタ五〇〇酒〉を作ってみんなにふるまった。

「帰りは運転代行で家まで送り届けてあげるから、心行くまで飲もう！」

ウネが言った。

「ねえ、あんたの亭主は何時に帰るの？　早く来て一杯やらなきゃ！」

ミヨンがケラケラと笑いながらせかしたてた。

「毎晩残業だよ。社会部の記者だからって肩に力が入りまくりなの。十一時くらいには帰るかな」

三人はむしろ亭主は金をちゃんと稼いで遅く帰ってくるのが一番いいよね、って。あんたは人生の勝ち組だって。

「あんたはそれだけ英語を勉強して、オーストラリアの市民権まで取ったっていうのに、その間に、私は何をしていたのかって思うよ」

ウネが暗い声で言った。

「市民権はまだだよ。あんた、子ども産んだでしょ。そのほうがすごいことじゃん」

と言ってあげた。

「子どもなんてみんな産んでるよ。あー、私は何をしてきたんだろう、まじで。こんなに早く結婚するんじゃなかった」

「何よ、あんたみたいにしっかりした家に嫁に行くのは、中途半端な会社に就職するより百倍ましだよ。結婚だってタイミングがあるの。あんたはうまくチャンスをつかんだんでしょ。私のほうこそ、これまで何をしたのかわかんない。今の会社で出世できそうにもないし、熱い恋愛したわけでも、遊びまわったわけでもないし、もうすぐ三十二なのに、今から男と出会って付き合ってたら、何歳で結婚して、何歳で子ども産むの？」

ミヨンが訴えた。

「しっかりした家がいいって？　ちょっと、先週うちの旦那が何を言い出したか想像できる？　知り合いが海苔巻き天国のチェーン店を手放すことになった、一億ウォン（一千万円）で譲り受けることができるから、ふたりで海苔巻き天国やるつもりはないかって。だから、ちょっとその店行ってみたわよ。人通りが多い場所でもないし、テーブルがいくつもない狭い店でさ。海苔巻き屋をやるのが嫌なんじゃなくて、そこはちょっとないでしょって言ったんだけど、自分が会社でどんだけ大変な思いをしてるかわかるかって、急に怒り出すの。まったくわけがわからないよ。ねえ、親にちょっと金があるからって何よ、足が悪いあの人と結婚してやったのよ」

「はいはい、もういいよ。酒でも飲もう」

キョンユニがウネの言葉をさえぎって「〈ビタ五〇〇酒〉はイマイチだな。やっぱ爆弾酒が最高」とか言って、焼酎のビール割を作ってみんなに回した。ミヨンは「頭の痛くなる話はこりごり。テレビでも見ようよ」って。そうやって酒を飲みながらバラエティ番組をいくつか続けて見た。男性アイドルグループのメンバーが女装して女子力を競うの、これ面白かったなあ。

みんなが帰って、午前一時を過ぎてジミョンが帰ってきた。

「日付が変わる前に帰るって言ってたじゃん。電話くらいしてよ」

「企画会議があって」

「この時間まで会議だったの？」

「うん。今から飲みに行くって言うんだよ。僕だけ抜けてきた」

ジミョンは私がみんなとどんな話をしたのが知りたがった。掃除サービスの話に食いついた。

「毎週来てもらって月に二〇万ウォン（一万八千万円）か。うちもこれから掃除は無条件にそこだな」

みんなとした話とバラエティ番組の話を簡単に要約して説明してあげると、二時を過ぎた。

週末にはデパートでショッピングをして外食をしようって。ジミョンはキスしながら言った。

「金さえ少しあれば、韓国ほど住みやすいところはないよ。君には一生楽させてあげるから」と言って、シャワーもしないでベッドに入ると、ころっと寝てしまった。


　韓国で暮らすとしてもただの専業主婦として暮らしたくはなかったんだよね。特に何がやりたいというものもなかったし、韓国の求人市場がどんなものかもわからなかった。それでも仕事がしたかった。ウネだってそうだけど、学生時代にしっかりしていた子が、家庭に入ってバカみたいになるのを、たくさん見てきたんだよね。外に出て人と会ってぶつかって生きていかないと、人間は無精になって考える幅も狭くなる。他の人の立場で考えることができなくなるし。私はそんな風になりたくなかった。

　だからジミョンと暮らす二カ月の間に、この会社あの会社って志望理由書をたくさん送ってみた。求人サイトに自分の履歴書をアップして。でも、たいした経歴がないでしょ。

W証券会社で三年働いたのと、オーストラリアでアルバイトしたのがすべて。アメリカのMBAでもなく、オーストラリアで会計学修士をもらっても韓国では使えない。韓国で会計業務をしようと思ったら公認会計士になって、しかも米国公認会計士協会《AICPA》っていうのに所属していないといけない。唯一自慢できるのは英会話ができるってことかな。エントリーシートを書くとき、内容があまりにお粗末でぞっとしたよ。韓国で暮らすのが嫌でオーストラリアへ行きました、とは書けないから、代わりに書いたのが「グローバル感覚を身につけるために」とか何とか…。

名前の通った会社は全部書類で落ちた。歳のせいだと思う。面接にたどり着いたのは三カ所だった。

一カ所は外資系金融投資会社だった。クレディスイスとかマッキンリーとか、ほらあるでしょ。職員が五十人くらいの規模で年棒がべらぼうにいいところ。今考えてみればそこは私みたいなのを探しているわけではなかった。面接官に何を聞かれているのか、質問も理解できなかった。デリバティブ商品とか、オプション、先物取引《ソンムル》について聞かれているのに、そんなこと私にわかるわけがない。「贈り物《ソンムル》ですか？　そりゃあ、もらえたらうれしいですよ」こんな感じで答えていたと思う。だから、当然脱落。

TOEICとTOEFLの問題を作る会社でも最終面接まで行った。ただ問題集を作る会社だと思っていたんだけど、行ってみたらめっちゃ大きいところだった。英語の筆記試験をしてから面接が二回もあった。二次面接のときに周りを見たら私以外はみんなネイティブスピーカーだった。こんなに英語が上手な人たちが、なんで、韓国で英語の問題集を作る会社に勤めたいんだろう？　ネイティブたちのせいでここも脱落。

三番目はアジア造船協会とか何とかいうところだったんだけど、造船の業界誌を作るところだった。で、そこは自分たちが直接記事を書くんじゃなくて、外国の記事を翻訳して載せていた。外国の造船業者や船舶会社の記事を翻訳して、韓国の造船業者に頒布して会費を集めるってわけ。ところが、ここは面接を受けたとたんにテストさせてほしいとか言って分厚い資料をいついつまでに翻訳してきてくださいって言うの。それがどう考えてもテストではなくて仕事をさせているとしか思えない。テストだったら他の人に教えてもらえないようにその場で一、二枚翻訳させなきゃダメじゃん、それをどうして家でやって来いって言うのか。これってただ働きさせる気満々でしょ。ここは私の方から連絡を絶った。


お金の心配をしないで、周りの人も気にしないで、ひとりで自由に時間を過ごすのはその時が初めてだったんじゃないかな。自分のことをたくさん考えた。このままジミョンと一緒に暮らすべきなのかな、韓国で暮らすとしたら何をして暮らそうかな、そんなことを。ジミョンはとにかく何にもしなくてもいいって。会計士の試験を受けてみるのはどうかとも言われたなあ。とりあえず、考えてみるねって言っといた。

でも、おかしくない？　私、会計を勉強したくて勉強したわけじゃない。オーストラリアに会計士が不足しているっていうから勉強したの。ところでオーストラリアで暮らさなくなったからって言って、せっかくちょっと勉強したんだから、続けてみろって？　別に会計の勉強が嫌いなわけじゃなかったけど、それはちょっとおかしいんじゃないって思ったよ。

実のところ、薬剤師になるのはどうかとひとりで考えていたところだった。いつでも好きな時に仕事を辞めて再就職して、そういうのも簡単だっていうから。それで、キョンユニに電話してみた。薬学部の勉強は大変なのか、薬学部に入りなおしたことは後悔してないか、まあそんなことを聞いてみた。キョンユニは薬学部に入って本当にラッキーだって言っていた。実は漢方医学を勉強するか、薬学を勉強するか悩んでいたんだって。でもな、今時漢方医になろうって奴なんかいないよって。

「なんで？　漢方医は人気なくなったの？」

と私が聞くと
「漢方医はおわってるよ」

「そうなの？　私らのときはまだ東洋医学部と医学部のレベルも変わらなかったじゃん」

「バイアグラと高麗人参サプリのおかげで全部おしまいだよ。ただでさえ漢方医って多いだろ。今どき誰が漢方薬を煎じて飲むんだよ。ああいうのは、全部バイアグラがなかったころのハナシ」

「薬剤師は本当に大丈夫なの？」

「薬剤師だって、ある日突然ほとんどの薬がスーパーで売られるようになったら、おしまいだよな。でも、そんな日は来ない」

キョンユニは断言した。

「どうして？」

「薬剤師には強固な組織力があるからな。漢方医みたいな小物と一緒にすんな」

と言われたからといって、あまり安心できなかった。外資系の薬局チェーンが韓国市場に参入して薬のディスカウントを始めたら、どんなに強固な組織力とか言ってもかなわないんじゃないの？　そう考えてみると会計士の未来も安泰とは思えなかった。今はまだ試験で人数を調節しているから、収入も悪くないでしょう。でもある日突然グーグルやマイクロソフトが自動会計プログラムとか作ったとしたら？　まじで会計はそんなプログラムの方がうまくいくと思う。

考えてみれば当然だけど、何かしたいって始めるのは自由だけど、それが成功するかどうかはわからない。今、私が医学部に行って整形外科の医者になったとしたら、ロースクールに行って弁護士になったら、もとがとれるだろうか？　無理だと思うよ。十年、二十年後にどんな職業が人気かわかる人なんて誰もいない。だから、これからの展望を話すことは無意味なことで、自分が何をしたいかが重要なんだ。お金を稼げなくてもやりたいことをやったほうが後悔も残らない。ジミョンだって、そう考えて白分の進路を決めたんでしょう。でも、私は自分が何をしたいのかわからなかった。

自分が好きなことを考えてみた。私は食べることに関心があるから、おいしい食べ物とスイーツが好き。それにお酒も。だから食べるものとお酒が安いところに住めるとうれしい。それに空気が温かくて日がよく当たるところがいい。それに周りの人がたくさん笑ってくれて、明るい表情をみるとこっちも気分がいい。毎日怒った顔や不安そうな顔を見ながら暮らすのは嫌だ。

それに…いや、これだけだ。これ以外には譲れないって思うものはない。どんなに考えてみても。

わかっているのは〈何を〉じゃなくて〈どうやって〉ってこと。とりあえず、私は毎日を笑って過ごしたい。夫とふたりで一年に三千万ウォン（三〇〇万円）しか稼げなくてもいい。家も大きくなくていいし、ブランドバッグとか、そんなのはひとつもいらない。車はあるにこしたことはないけど、なくてもいい。かわりにお酒と、ちょっとおいしいものを食べたいときにお金の心配なしに食べたい。どうせ高級品のおいしさはわからないから。チキンとかトッポギとか豚足とか、そんなものでいい。それに一カ月に一度は夫とデートしなくちゃ。演劇を見に行くとか、サイクリングをするとか、海を見に行くとか。そうして暮らしながら、病院代とか老後とか心配しないで暮らせたら、それで十分。

それに、堂々と生きていたい。何かを売るときや、客に対してなら、いくらだってぺこぺこできる。でもそれ以上は私の自尊心っていうか、尊厳っていうか、そういうものまで売り渡したくはない。誰かを使う側になったり、接待をされるようになっても、相手の自尊心を考えてあげるんだ。相手のプライドを傷つけなくても、きちんと仕事させることはできる。それから余裕があれば、社会のために何かちょっとしたボランティアもやりたい。

私がそんなことを悩みながら時間を過ごしている間、ジミョンは自分が週末に休めるか休めないかさえもわからない生活をしていた。デートの計画なんてとても立てられなかった。

「えーっ？　もう水曜日だよ。なのにまだ土曜日が出勤かどうかわからないの？　他の人はどうしてるの？　みんな今週土曜日に自分が働くかどうかわからないの？」

自分はパートナーにガミガミ文句を言う女にはならないと思っていたんだけど、こんなときはひとこと言うほかない。

「うん。うちの上司は、こういうこと教えてくれないんだ」

どうして、こういうことをあらかじめ話してくれないのか？　先に話しておいたほうがみんなにとって効率的なんじゃないか？　そう言うとジミョンはその通りだ、自分も上司に話してみるって。でもジミョンはそういうこと言えないってちゃんとわかってる。その組織が、話を聞いてくれる組織じゃないってことでも。

確かにデートの計画を立てられたとしても、そのデートをちゃんと楽しめたかどうかは疑問だ。ジミョンは一日六時間も寝ていない。日付が変わるころ帰宅して、朝六時に起きてシャワーを浴びて七時には出かけていく。それを当然のことだと思っている。彼が言うには記者生活はそんなもんだって。年をとってもずっとそうやって忙しく、自分の時間なんてないんだって。

だから週末になると明らかに疲れがたまっているのが見える。そのくせ私の前では必要以上に男らしく振る舞おうとする。週末になると私のほうがうちでゴロゴロしようと言って、ジミョンが出かけようって言い張った。高くておいしいものを食べさせようとして。そうすれば、私も韓国生活に情がわいて、自分のもとに戻ってくると信じていたんでしょ。

本当のところ、そんなジミョンの姿は痛々しくて、見ていて気分がいいものじゃなかった。私をお姫様のように扱って、車に乗るときはいつも私を助手席に乗せるのも気に入らなかった。昔のようにふたりで浴びるほどお酒を飲むことができなかったからね。同棲開始後しばらくは、ジミョンの帰宅を待っていて、ビールを一、二缶飲んでおしゃべりをしていたけど、すぐにそれもやめてしまった。飲んだ次の日はベッドから出るのが辛いって、見ていてわかったから。

韓国にはこんな昔話がある。

昔々あるところに、大変義理堅く仲の良い兄と弟がおりました。どれほど仲が良かったかと言いますと、おいしいものがひとつでもあれば必ず半分こにして食べ、一緒でなければ食べなかったそうです。結婚して別々に暮らすようになってからは、朝は兄が弟の家に立ち寄ってから畑に向かい、夕方は弟が兄の家に立ち寄ってから家に帰ったそうです。ある年の秋、ふたりは自分の田んぼに積まれた藁の山から、夜中にこっそり相手の田んぼに藁の束を運んでやりました。しかし、ふたりとも全く同じ量を運びあっていたので、藁の山は増えもしないし、減りもしませんでした。おかしいな、と思い藁を運んでいたふたりはある晩、月明かりの夜道でばったり出会い、真実を知って涙を流したのでした。

私たちはなんていうか、その〈義理堅い兄弟〉みたいな関係になっていた。ジミョンは私を大事にして、私も彼のためを考えて。長く一緒にいてもふたりの関係が改善される部分がなかったし、夜にはふたりとも相手を起こさないように藁の束を運んで、さらに疲れがたまっていった。

遠からず私たちは月明かりの下で、藁束を抱えて出くわすことになっていただろう。

「ねえ、タオルどこ、ちょっと、持ってきてくれない？」

バスルームのドアを開けて「ジミョン？」ともう一度呼んでみたけど、リビングには反応がなかった。体からポタポタ水を垂らしながら、バスルームからクローゼットまで歩いて行った。皮膚に当たる空気が冷たくて、鳥肌が立った。クローゼットからタオルを出して体を拭いて、寝室に入っていった。

ジミョンは眠っていた。ベッドの上で、服を脱いだまま。赤ちゃんみたいな姿勢だった。私はパジャマを着ると冷蔵庫からビールを一缶出してベッドに座った。起こさないようにジミョンにふとんを掛けてあげてから、隣に座ってビールを飲んだ。ジミョンが目を覚まさないようにそっと髪をやさしくなでながら。目が覚めたらきっと私に対する義務感に駆られてセックスしようとするし、そうなったら私も義務感で受け入れるでしょ。お互いに演技にもならない演技をしなくちゃいけない、そんなセックスって悲しすぎない？

ジミョンの顔は疲労と睡眠不足でざらざらして黒ずんでいた。口の周りやあごにはひげが黒く伸びかけていた。布団をかける前に見た腹にはぼってりと贅肉がついていた。ああ、ジミョンもおじさんになったなあ、って情が尽きたんじゃなくて、むしろ心がギュッと苦しくなった。こんなふうに働いていたら癌になるんじゃないかとか、こんな姿を十年も二十年も見続けているうちに、どうせ、この人は一日十何時間働く人だから、って当たり前に考えるようになったらどうしようって思ったり……。今にも涙が出そうだった。

冷たいビールが胃に入って、体中が凍えそうだった。私はちびちびとビールをすりながら、子どものころ読んだ童話を思い出した。『義理堅い兄弟』よりも、十倍好きだった童話を。もしかして童話じゃなかったかもしれない。〈ディズニー名作絵本シリーズ〉のうちの一冊だったから。おばあちゃんが古紙と一緒に拾ってきた本だった。私はその本を文字通り擦り切れるまで読んだ。

『さむがりやのペンギン』っていうタイトルだった。表紙にはペンギンが一羽、不機嫌な顔で焚火に当たっている。毛糸の帽子をかぶってマフラーを巻いて、手にはミトンもはめている。後ろにはペンギンの暮らす氷の小屋が見える。主人公のペンギンの名前は……パブロ！　パブロだった。

パブロはペンギンなのに、寒いのが大嫌いだった。普段は小屋の中に引きこもってストーブをつけて過ごしているんだけど、ペンギンの仲間が無理やり外にひっぱり出す。そのうち海に落ちて体がカチコチに凍り付いて家に戻る。大きな氷の塊に閉じ込められたパブロを仲間のペンギンがストーブにのっけて溶かしてやる。

パブロはあたたかな熱帯地方に行こうとするんだけど、何度も失敗する。初めはたしか、ストーブを背中に括り付けてスキーで滑って行った。けど、また氷の柱塊になって家に戻る。次に湯たんぽを足にゆわえて熱帯に向けて歩き出す。でも、これも失敗。

最後に自分の小屋と周りの氷を全部切りだして、氷の舟を作り、仲間にお別れの挨拶をして船出する。航海の途中で船が溶けるはじめるんだけど、最後には何とかハワイみたいな常夏の島に到着する。日差しが眩しく降り注いで、青い海と真っ白な砂浜、ヤシの木があって海ガメが泳いでいる。最後の場面はこうだった。パブロはサングラスをかけてヤシの木の間のハンモックに寝そべってドリンクを飲んでいる。パブロの、こんなかっこいい台詞があった。

「君たちも、とてつもない夢、追いかけてみない？」

絵本の最後の文章を声に出して言ってみた。声を聞いたジミョンが、ううーんと言ってもぞもぞ動いた。

ペンギンの仲間はどれほどパブロに言い聞かせただろうか？　おとなしく、我慢して生きろって。みんな我慢して生きているよって。パブロには別れがたい家族や恋人はいなかったんだろうか。


ジミョンと二度目の別れを決心するにあたって、たくさん悩んだ。彼と別れてしまったら後悔しないだろうか、って。多分後悔する。付き合った男たちの中で、ジミョンが一番ちゃんとした人だったのに、って。でも別れないで一緒に暮らしても、結局、後悔したと思う。あの時オーストラリアへ行けばよかった、って。私って人間は何かを成し遂げようとかはっきりした目標とかないから。多分、どんなふうに暮らしたって自分が選ばなかった選択について後悔するしかない。そしていつまでもわからない……。どちらの選択がましだったかなんて。

ジミョンと一緒にいていいことと、よくないことを考えた。いいところは愛されているって感じ、それと経済的な安定を得られること、その二つ。こういうのがとっても大切だって考える人たちもいるよね。でも私は、〈愛という感情〉にどっぷり溺れるタイプじゃなかった。詩が好きだったことも、ロマンチックな駆け落ちにあこがれたこともない。そして経済的な安定を重視するなら、多分リッキーと結婚していたでしょうよ。

ジミョンと一緒にいてよくないところは、まず最初に、一緒にいたら自分がとっても悲しくなりそうだった。二番目には経済的に独立できないってこと。専業主婦でなくてどこかで働いたとしても、経済的に独立するのは難しそうだった。前に一度聞いてみたことがあった。「どうして毎日遅く帰るの？　死ぬまでそうやって残業するつもり？」って。

「みんなこうやって暮らしているんだよ。他の会社だってそう。今どき家に帰って家族と一緒に夕食を食べる人なんて、学校の先生くらいのものだろ？　君だって就職すればわかるよ」

「オーストラリアは違うよ」

「オーストラリアでも同じだよ。君だってオーストラリアでちゃんとした事務職についたことはないじゃないか。オーストラリアだって勤め人や、ファンドマネージャーや弁護士、医者みたいな人は目が回るほど忙しいはずだよ」

つまり、言い換えれば、記者や勤め人や、ファンドマネージャーや弁護士と言った〈本当の職業〉があって、その下に別に大事でもないその他の業種があるってことでしょ。私が会社員になったとしても、それがＴＯＥＦＬの問題集や造船業界の業界誌を作る仕事なら、ジミョンはそれを〈本当の職業〉って認めてくれないだろう。私は家事担当の女ってこと。そんなの嫌だった。

二カ月たってオーストラリアに戻るとき、オーストラリアに住むつもりだと言うとジミョンは理解できない、説明してほしいと言った。実は、私だってどう説明すればいいかわからない問題だったけど、どうやって言葉にしようか考えてパブロの話をした。

「もしも、南極を通りがかった人がパブロを捕まえて、ヘリコプターに乗せてハワイまで運んであげたとしたら……パブロはそれでも幸せだったかな」

「どっちにしろ、ハワイに行くんだろ？」

ジミョンも引かなかった。

「ハワイに来たのは同じだとして、どうやって行くかが重要なんだよ。自分の力で海を渡っていったなら、そのペンギンは島が冬になっても心配しないと思う。また海を渡ればいいんだから。でも誰かのヘリコプターで連れてきてもらったらどうかな？　いつかまた誰かが自分をヘリコプターに乗せて南極に連れ戻すかわからないって考えて怖くなるんじゃない？　人間は持っているものがなくても幸せにはなれる。でも未来を怖がっていたら幸せにはなれない。私はおびえながら生きるのは嫌なの」

そういった面では、私はパブロよりもましだった。パブロは海を渡っている途中で溺れて死ぬ可能性だってあった。いくらペンギンが泳げると言っても、しょせん鳥でしょ。でも私がオーストラリアに住むからと言って死ぬことはないでしょう。最悪の場合でもせいぜいまともな男性に巡り合えなくて、アルバイトを転々としながら暮らす程度。でもオーストラリアではアルバイト人生も悪くない。テレビ局の記者とバス運転手の給料がたいして変わらない。

ジミョンはうなだれて私の話を聞いていた。何も言わなかった。逆にこっちが聞きたかった。どうして私のことそんなに好きなの？　私なんかのどこがよくて、人生をかけるの？

ありがたすぎるし、申し訳ないよ。でも、だからってあなたのそばにいるわけにはいかない……。

再びオーストラリアに戻る日にも、ジミョンが空港まで送ってくれた。空港に行く間、今はどうしてオーストラリアに行くのか考えてみた。何年か前に初めてオーストラリアに向かうとき、その理由は「韓国が嫌いで」だったけど、今は違う。韓国は、そうだな、どうなってもかまわない。滅びようが、そうでなかろうが、特に何とも思わない……。今私がオーストラリアに向かうのは、韓国が嫌いだからではなくて自分が幸せになるためだ。幸せになるための方法はまだよくわからないけど、オーストラリアだったら韓国よりも幸せになりそうだって直感した。

ジミョンに、これからどうするのか聞いてみた。

「時間がたってみないとわからないな。君を忘れられるかどうか。忘れられなかったら僕がオーストラリアに行くか、ここで新しく別の人と付き合うかもしれないし。もしかして、君が戻ってくるまでずっとここで待っているかもしれないな」

うなだれたまま、こう答えた。

出国ゲートで挨拶をして、保安区域に入った。逃げるんじゃない、幸せを探して冒険を始めるんだ。そう考えようと頑張った。今回は振り返らなかった。

目から涙がボロボロ流れていたからね。

南十字星

オーストラリアに戻ってからも相変わらず会計士の仕事には就けなかった。昼にはドイルズに行ってウェイトレスをして、そうやって貯めたお金でシェアハウスのランドロードをやった。やるべきじゃなかった。今回は前回とは次元の全く違うピンチだった。前回のが〈ペットボトルのお茶〉だったら、今回のは〈裏千家の師匠がたてた抹茶〉だった。強制出国させられるところだったんだから。そのあおりで市民権取得の申し込みもずっと遅くなった。

ワーキングホリデーで来ている韓国人が私のシェアハウスに入居したいって、トラベラーズチェックを七枚送ってきたんだよね。自分はブリスベンにいるけど、翌週にシドニーに行くから先に送金しますって。だから、わかりました、って返事して部屋を空けてあげて、シティのショッピングモールにある両替所にチェックを換金しに行った。ところが両替所のおばさんは現金を出さずに「少々お待ちください」って繰り返すばかり。

　両替所の前にパトカーが音を立てて止まったときも、やった、暇つぶしにちょうどいいや思って見ていた。こっちのパトカーはセダンじゃなくてワゴンなんだなあ。警官たちが両替所に入ってきたときも「何が始まるのかな」ってきょとんとしていた。

「あなたには黙秘権があります。あなたが話すことは法廷で不利に働くことがあります。あなたには弁護人を選任する権利があります」

「はい？」

　一方的にそう言うと、警官は私を引っ張って窓ひとつない護送車に乗せた。逮捕されたってこと。有価証券偽造および行使の疑い。私は知らなかったけど、それってオーストラリアではめちゃ重い犯罪なんだって。

　警察の拘留の後で取り調べがあった。ところがそこの人たちときたら、私の話を信じようとしない。真犯人を捕まえようって意志自体なかった。頭にきて言い返した。

「考えてみてくださいよ。私がトラベラーズチェックを偽造したなら自分の住所まで書いてサインするとかおかしくないですか？　送ってきた人とやり取りしたメールもあるんですよ。自分はブリスベンにいるって、来週うちに泊まりたいって送ってきたんです。そのメールのアドレスを追跡するとか、それかおとり捜査でシドニーまでおびき出したらいいじゃないですか。たぶん、うちの下宿生の中に共犯がいるんですよ。ちゃんと換金されたかどうか連絡役の子が……！」

「それは警察が判断します。ミズ・キエーナは私たちの質問にだけ答えてください。もう一度聞きますよ。このトラベラーズチェックはどこで作りましたか？　どうしてシティにある両替所に持って行ったんですか？」

こんなにわかりきったことを警察に疑われてたって信じられる？　びっくりした顔を見るだけでも私が犯人じゃないってわかりそうなものじゃん。真犯人のメールをどうして見ようとしないわけ？

ジェインを通して韓国系の弁護士をつけてもらったんだけど、その弁護費用が一時間三百ドル（二万四千円）だった。取り調べが終わるころ責任者っぽい警察の人が入ってきて、出国禁止措置になったと言われた。裁判は長ければ六カ月ほどかかることもあるって。半端ないショックだった。正直言ってそれまで少しは期待していたんだ。警察はとりあえず脅しているだけで、本当は犯人がほかにいるってわかっているんじゃないかって。

警察署から出てくるとき、重犯罪者として起訴されるでしょうから、弁護士事務所《ローファーム》を探してしっかりした弁護士を選任しなさいって弁護士に言われた。白人の弁護士を。加重処罰される可能性もあるって。有価証券の偽造は一枚ずつそれぞれの罪を問うんだって。これもまた、わけがわからなかった。

ローファームで弁護士を選任してから、どうもこれは私が韓国人だから警察に差別されているみたいだ、最初からいきなり留置場にぶち込んで、何の説明もなしに一時間も放置されて、電話もかけさせてもらえなかったのだと訴えた。特に、そもそも六時間以上拘束することはできないのに私は八時間以上も警察にいたんですよ。というと、もしかして警察に具体的に人種差別的な発言をされたんですか？　そういうことがなければ、おとなしく裁判を受けた方がよろしいですよ、って。

その裁判も大変な目にあった。一度で終わらないんだから。裁判所には四回も行った。周りの人たちはみんな、これはどういうことだって、当然、無罪判決だろうって言ってくれたけど、裁判を受けているうちに「これはシャレにならない」って気持ちになってきた。実際に裁判所に立ってみると、オーストラリアの警察はレベルが低すぎた。だいたい常識ってものがない。そして裁判で無罪判決が出たからと言って記録が残って不利益をこうむったり、そうでなくても、よくわからない住居法違反とかでまちがって抑留されて市民権をもらえなくなることだってあるじゃん。弁護士費用もめっちゃかかったし。ローファームの弁護士や判事が裁判所で交わす言葉はあまりに難しくて、私はほとんど聞き取れなかった。

判決の日に警察はみんな制服を着てきた。勲章をいくつもぶら下げてる人もいた。ジェインはその日の裁判の時、一緒についてきてくれたんだよね。で、私の横で肩と腰をやたらとくねくね揺さぶって見せてるの。まだ判事は出てきてなかった。

「あんた、何してるの？　なんで体ゆらしてるの？」

小声で聞いてみた。

「あのオーストラリアのポリ公がガンつけてくんだよ。舐められないようにしないとな」

あえていかつく見せようと、いろんな角度でにらんでいたんだって。あきれて笑ってしまった。その時、黒いガウンを着た女性判事が法廷に入ってきて、警察と弁護士がみんな起立した。私はばね人間になったみたいにぴょんと立ち上がった。判事は席に着くとすぐ判決文を読み上げた。ざっくり言うと、検察の主張はお話にならない、説得力のある証拠がない、まあそんなことだった。

「この女性に落ち度があったとしたら、外国の文物に疎くてトラベラーズチェックを隅々まで確認しなかったことだけだと判断します。本法廷はキエーナ・キムに対する公訴を棄却します」

判決まで数分もかからなかった。警察は苦虫をかみつぶしたような顔で私をにらんでから出ていった。あれ、なんだこれ？　もう終わり？　私はあきれてしまった。

そんな経験をしてからは韓国に対するありがたさも感じたんじゃないの？　って言うなら、別にそうでもない。先生に叱られたからって両親のことをありがたく感じるだろうか？

外国生活って全く心細いものだな、そんなことも考えたし、私はここでは死ぬまで外国人なんだろうなってあきらめもした。でもね、私は韓国でも自分が国民だって思えなかった。どうして祖国を愛さないのか、って言われるけど、祖国も私を愛してくれなかったもんね。正直言って国って言う存在に関心がなかったって言うか。国が私を食べさせてくれて、服も着せてくれて、守ってくれたって言うけど、私だって法律を守ってあげて、教育を受けてあげて、税金を払ってあげて、やるべきことは全部やった。

私の国は、自分自身を愛していたんだよ。大韓民国よ、永遠なれってわけ。だから自分をより輝かせる構成員だけを大切にしたんでしょ。キム・ヨナとかさ、サムスン電子とか。

そして使えないやつには〈国民の恥〉みたいなレッテルを張り付けて。私の生活が貧しくて人間の道理を果たせなくなったら、国が私を助けてくれるんじゃなくて、私が国家の名誉を傷つけないように心配しろってやり方で。私が外国人を押しのけてどたばたと地下鉄の空いた席に駆け寄ったとしたら、どうして地下鉄でそんなに慌てて空席を探しているのか、この国はその理由を知りたいと思うだろうか？　思わないよね。ただ、国家の品格だとかなんとか言い出すんでしょうよ。

そのくせこの国は私たちにひそかな脅迫をたくさんしてきた。爆弾を抱きかかえて北朝鮮軍の戦車の下に飛び込んだ学徒兵の話とか、中東戦争の時に世界中からイスラエルに集まったユダヤ人志願兵の話をしながら、何かあったらおまえたちもそうしろよ、って目配せして。ところが、私がオーストラリアに来て出会ったイスラエルの旅行者に聞いてみたら、湾岸戦争の時にはアメリカに逃げ出した人がたくさんいたよ、ってさ。自爆した学徒兵だってどんな気持ちだったと思う？　みんな泣きながら死んでいったんだよ。逃げることさえできたなら、逃げ出していたと思う。後ろから、たくさんの人に見られていたから、逃げ出せなかっただけだよ。

私だってわかってる。オーストラリアが天使ばかりの国ではないって。前に一度、電車で浮浪者が近寄ってきて「自分の国に帰れ！」って大声で言われたこともある。市民権取得試験っていう、前にはなかった試験までできた。その問題もすごく難しくて、クリケット選手の名前とかまで出題される。でも、私がその試験の勉強をしているうちに、それでもオーストラリアは韓国よりもましな国だなって思ったことがあった。

韓国の国歌、きいたことある？　海が涸れて山がすり減るまでって、何年かかるか知らないけど、まあとにかく、大韓民国よ永遠《ウリナラマンセー》なれってわけ。山も河も、韓国人も、そのために存在するって歌。オーストラリアの国歌はそうじゃない。「全てのオーストラリア人よ喜ぼう／我らは若くて自由」から始まって「眩いばかりの南十字星のもと／我ら全身全霊を捧げ働く」、「海を渡ってきた人々と限りない平原を分かち持つ」って。くらべものにもならないでしょ。

　市民権取得試験に合格してから、ケントストリートにある地区会館に行って宣誓をした。宣誓式に集まった市民は五十人くらい。アジア人が半分、他の人種が半分だった。宣誓式はほのぼのとした雰囲気だった。市長が壇上に上がって簡単なスピーチをして、宣誓文を読んで、ひとりずつ出て行って市民権証書を受け取った。証書をもらうときに涙をぼろぼろ流している人もいたよ。私はそれほどでもなかったけど、それでも「よーし、これから幸せにならなくちゃ」って誓った。

　南十字星がなんとか…って国歌もみんなで歌った。記念品ももらった。オペラハウスの描かれた絵ハガキと、記念バッジをひとつ、ボールペン一本、それから〈ベジマイト〉っていう味噌みたいな色の、臭い特製ソース。オーストラリアの人たちはそれをパンに塗って食べる。私は食べられそうもない、味がちょっとヤバい。

　証書授与式が終わってみんながお茶会で親戚と記念写真とか撮っている間に、こっそりと会場を抜け出した。六年間苦労してきたことがひとつずつ浮かんできて、なんだか胸にこみ上げるものがあったけど、だからと言ってこれで自分もオーストラリア人だ！　ってマンセーを叫ぶのもなんだかな、って思って。

会計を勉強しているときに経済学の原論も併せて勉強していたんだよね。そこに比較優位論ていうのが出てくる。知ってるかな？　農業をする国は農業だけを専門的にやって、高級サービスを創出する国は高級サービスに集中するほうが有利だって内容なんだけど。数学的にはそれが証明されているんだって。でも、その理論通りだったら、農業をやる国に生まれた人間はみんな畑を耕さなくちゃいけないってこと？　人間を自分が働きたい国で自由に働けないようにしておいて、モノの輸出入だけ自由に許可しようって主張はちょっとどうかと思うよ？

今、私はコンパスデモリッションっていう解体専門の建設会社で働いている。ここで初めてまともな会計の仕事を任された。

ガールズベリーやドイルズで働いていても、自分は一生成長しないんだろうなあって思って。給料が少し減っても会計業務を学べる職場を探そうと思った。市民権をとってからシェアハウスの運営もほかの留学生に譲り渡した。収入はばっちりだったけど、ちょっと危険すぎると思って。

そうやって初めて務めたのは留学院だった。会計って言ってもちまちました金銭出納と帳簿の記入が仕事だった。その次は韓国人コミュニティを相手にした現地の新聞社で働いた。そこで少し会計に近い仕事をした。

三番目の職場が今のところ。給料はドイルズの給料とチップを合わせた額に近くて、午前七時に出勤して午後四時に光の速さで帰宅する。会計ソフトの使い方もここにきて習った。一番いいのは一年に一カ月の休暇があるってこと。ワーオ、会社に勤めてから一カ月休んだことってある？　それがこの会社だけじゃなくて、オーストラリアでは毎年一カ月の休暇が法律で定められている。驚きの労使関係だよね。

「給料の計算がちょっとおかしいと思って電話したんですけど」

職員が五十人くらいの会社で、私は会計と総務を兼ねていたので、こんな電話も私の担当だった。

「はい、ちょっとお待ちください。お名前をうかがっても？」

「マイケル・ブラブラブラ…」

「マイケル・何さんでしょうか？」

「ブラブラブラ…」

なんて言っているのかマジで聞き取れなかった。もう、よくわかってる。死ぬまで英語を勉強しても、こんなのは聞き取れない。私がネイティブスピーカーのように英語を話す日は、来ない。

給与ファイルを開いて契約職員の中でファーストネームがマイケルの人を探した。マイケルさんは四人いた。

「あの、マイケル・オロウィッツさんでしょうか？」

「だから、そう言っているでしょう？」

「申し訳ありません。給料の計算がおかしいっていうのは、どういうことでしょう？　本日、入金されていますか」

入金はされているが金額が違うと言う。彼が最近勤務したふたつの現場の名前を挙げて、勤務表からその中のひとつは二十時間、もうひとつは十六時間働いたことになっていると伝えた。彼がどちらも二十時間ずつ働いたと言うので、では確認いたします、って言ってから現場マネージャーに電話した。マネージャーの書き間違いだった。だいたい私が間違えたことはない。

「アンニョンハセヨ？　キエーナ先生。私、ヘミですけど」

また電話がかかってきたので、マイケル・オロウィッツさんからかと思って出てみたら教え子のひとりだった。最近、週末にはシルバーストリートにある小学校へ行って、韓国人の二世たちを相手に韓国語を教えている。これは純粋なボランティア。教え子たちは十歳から十二歳までで、女の子はすでに立派な思春期だった。

「ああ、ヘミ、どうしたの？」

ヘミは挨拶だけ韓国語でつっかえながら話して、すぐさま英語に切り替えた。

「私、歌詞を訳してみたんですけど、ちゃんとできてるかちょっと教えてほしくて。先生にメールで送ってもいいですか？　まちがって訳してるところがないかなと思って」

「メールで送ってくるのは構わないけど……またEXOの歌？」

「はい」

「英語に訳してみたら意味のない言葉遊びみたいなのばっかりだけど…前に訳したのもそうだったでしょ？」

「それは、大丈夫です。カムサハムニダ！　すぐメールで送ります」

へミはそう言って、プツリと電話を切ってしまった。自分の用件にだけ集中するところは、へミもオロウィッツさんもおんなじだった。これって西洋人の特徴みたい。

メールを確認しようとネットを見たら、その日のニュースが目に入った。オーストラリアのメディアでは盗聴事件関連のニュースが何日か続いていた。オーストラリア政府が東ティモールの政府庁舎に盗聴器を仕掛けたんだって。相手はめちゃくちゃにビンボーな国だよ？　オーストラリアが東ティモールの深海ガス田を開発してやるっていって、協議を有利に進めようと大統領執務室に盗聴器を隠して長官たちの会議をこっそり盗み聞きしていた。知れば知るほどこの国もそれほど誠実な国ではないって思う。

韓国人コミュニティの新聞では〈無差別暴行事件〉がずっとトップニュースだった。若いオーストラリア人たちが韓国人を狙って攻撃するって話。新聞報道は大げさなところがあるけど、それでも怖いのは事実だった。


去年、ジミョンが結婚したって知らせを聞いた。相手は同じテレビ局のアナウンサー。記事にもなっていた。〈○○アナウンサー、会社の同僚記者と結婚〉って。写真を見たら新婦は私と比べ物にならないほどの美人で、才能もある人みたいだった。

私はジェインとのんびりとお互いのことを知っていく途中だ。この間、韓国にも一緒に帰国した。韓国に行って一緒にエナのボーイフレンドにも会った。ライブがあるというクラブで。

クラブとは言ってもかわいらしい規模だった。弘大《ホンデ》によくある、バーの片隅にステージを作ってあるやつ。一万五千ウォン（一五〇〇円）を払って入ると、ゆったりと座って三組のインディーズバンドのライブを、二時間以上楽しめる。ワンドリンクも付いてくる。心の中で観客の数に一万五千ウォンをかけてから、クラブの取り分を引いて、他のバンドと山分けにして計算してみたんだよね。本当に暗澹たる金額になった。それでも、今回はお金をとるライブで、スケジュールを見たら無料のライブもよくやっているみたい。「無料ライブ開催時は、できるだけ、ドリンクをご注文ください」って張り紙があった。はあ、なんでこうなんだろう、マジで。こういうところに来たら、ひとり一杯コーラでいいから頼もう、ね？　そのお金がそんなにもったいないのかな。

　エナにもらったＣＤは何度か聞いてみた。だから、バンドの雰囲気にはもう慣れた。確かに実力はある。歌も悪くない。でも、果たして人気が出るだろうか、そしてバンドのメンバーは普通の会社員並みに稼げるだろうか……うむ。どうしてこの国では、スーパーの店員とかバンドメンバーとか、こんなにも食っていけないんだろうか。天然資源に乏しいからかな？

　ライブが終わって、私たち三姉妹とジェイン、そしてベーシストの彼氏が一緒に飲んだ。ベーシストは酒に弱かったな。ジェインはうちの三姉妹が飲むスピードに負けじと頑張って、かなり酔った。ちょっと興奮したジェインの見栄っ張りが復活して、エナのボーイフレンドを熱心に説得していた。

「ストリートライブもマジで多いし、海の上でもライブをやるんすよ。照明やスピーカーやステージを全部船に積みこんで、船上ライブをやるんです。それも、全部政府が出資してくれる。こっちでもアルバイトしているんですよね？　オーストラリアに来て、昼には物理療法士とか、パン職人とかやりながら……」

「この人たちにはね、私がもう、耳にたこができるくらいおススメしてるから。来たくないんだって」

ジェインの肘をつかんで言った。

「来たくないって？　なんで？」

ジェインは理解できないって顔してた。

「もう少しだけ……韓国でもう少しだけやってみようと思って」

エナのボーイフレンドはろれつのまわらない口で答えた。

ボーイフレンドのことは、それでも理解できる。韓国語で歌詞を書きたいんだって。ヘナ姉さんとエナがオーストラリアに来たくないってのは、本当に理解できない。ヘナ姉さんはずっとスタバで働いている。スタバの時給がいくらかな？　五千ウォン（四五〇円）？　ちょっとは続けているから、六千ウォン（六〇〇円）になったかな？　それで、どうやって暮らせるの？　マジおかしいでしょ。毎日八時間立ちっぱなしで働いて、トイレの便器も磨いて、そしたら年俸千七百万ウォン（一七〇万円）程度はもらわないとダメじゃん。生きていける程度は払ってもらわないと。女が一番いいときに、買いたいものだってたくさんあるのにさあ。パートナーとも、それ以外ともデートしなくちゃいけないし。この国にいたらヘナ姉さんは、うまいこと結婚でもする以外ない。

エナも同じだよ。公務員試験には合格できないし。今じゃもう末端公務員試験も国家公務員並みの倍率だっていうし、エナが徹夜で勉強しているわけでもない。そういうのが合格するための努力だとしたら、オーストラリアの永住権くらい簡単に取れる。それにオーストラリアでウェイトレスするのは、韓国の村役場で公務員するより悪くないと思うけど。

「俺、明日シドニーで重要な会議があるんですよ。それがキャンセルになったら、あんたら責任取ってくれるわけ？ それに国籍喪失申告だとかなんだとか、俺に連絡くれたことあった？」

ジェインが大声で怒鳴り散らしていた。「明日のミーティングに行けなくなったら、どうなるかわかってんな！ 損害賠償を請求するからな！」って言っている隣で、私は、恥ずかしくて死にそうだった。イミグレーションの職員はうんざりって顔をしていた。「ヤバい奴に当たったな」って表情。

「ねえ、ちょっと声小さくしてよ。偉そうに言うことじゃないでしょ」

って、小声で言うと、ジェインに言わせると私たちはオーストラリアの市民だから、何かあったらオーストラリア政府が保護してくれるだろうって。

出国審査で韓国のパスポートでなく、オーストラリアのパスポートを出したんだよね。するとコンピューターの記録上、韓国に入国したことのないオーストラリア人が韓国から出国するという状況になったわけ。韓国のパスポートで入国したら、出ていくときも韓国のパスポートで出ていかないと二重国籍がばれるって知らなかった。

航空券を買うときにオーストラリアのパスポートで買ったから、そっちを出さなきゃいけないかと思った。カンタス航空だったから、韓国よりオーストラリアのパスポートの方が割安だって、ジェインがどこからでたらめを聞いてきて、私はそれを信じていた。そのせいでジェインと仲良く出国審査ゲートから引きずり出された。イミグレーションの事務室の椅子に座らされた時は、ほとんど犯罪者扱いだった。両手の親指から小指まで全部の指紋をとられた。

「今日は出国できないと思ってください。早ければ明日の飛行機には乗れるでしょう」

職員のその言葉にジェインが爆発した。

「あんたたちは、俺に国籍喪失申告しろって案内状一枚送ったか？　韓国にも立派に住所があって、連絡先もあるってのに、連絡ひとつもよこさないで、今更なんだ？」

私は恥ずかしくて隣で静かにしていたけど、ジェインはこの動画をインターネットにアップしてやるとかなんとか、また大声で悪態をつきはじめた。

「国籍喪失の担当者が空港にいないんですよ。ユン・ジェインさんは兵役問題もありますし」

「国籍喪失を担当する人間なら、空港にいるべきだろ。いないってどういうことだよ？」

「いえ、そんなに大声を出さないで、少しだけお待ちください」

そうやって三十分近くごねていると、職員が苦虫をかみつぶしたような顔で、紙を一枚持ってきた。

「こちらの一枚がサンプルです。おふたりとも時間がないようですから、特別に大目に見るんですよ。ここに書いてある通りに、自筆で書き写してサインをしてください。他国の国籍取得に伴い韓国籍喪失を申告すべきにもかかわらず、申告を怠ったため罰金を払います、という内容です」

「罰金はいくらですか？」

「二百万ウォン（二〇万円）です。おふたりとも」

「無理無理。払えるか、こんなもん。訴えてやる。難癖つけて人を捕まえて罰金払えって？追いはぎじゃねえか」

私がもうやめようよ、って意味でジェインをにらみつけると、このイカレたヤツは引き下がるってことを知らないわけ。すると職員が顔をゆがめて「でしたら、罰金の部分を除いて書いてください」って。

へ？

「罰金、払わなくてもいいんですか？」

私はあきれてしまって突っ込んだよ。

「罰金の部分だけ除いてですね、他はそのまま、この状況を申し訳なく思い、今度は誠実に出入国管理に臨みますって部分だけ書いてください」

「罰金、払わなくてもいいんですか？」

ジェインももう一度聞いてみた。

「ええ」

職員がしょうがねえなあ、って言いかたで答えた。

「じゃあなんで、さっきは罰金払えって言ったんですか？」

「これは入国に関しては例外がないんですが、出国ですから特別に例外として差し上げているんです」

これって…もうわけがわからない。ただ適当にその場で言い訳をしているってすぐにわバレるのに。でも、だから何だっていうの。ああ、そうなんですか、って言うしかない。私たちは誓約書を書いて、拇印を押した。ジェインは「ここで時間を無駄にしたんだから、もう一度出国審査を受けるときは列に並ばずに通過させてくださいよ」って言いだした。結局、職員が私たちを免税店の前までエスコートしてくれた。

ジェインは偉そうに「韓国はなあ、まだ声がでかいやつが勝つんだよ。金もコネもない俺らは弁だけでも立たないとな」って。はあ？　ほんとにそうなの？　金があってコネもあるやつがごねたら、ダメなことも通るってことでしょ、ここでは。金もなくてコネもなくて悪態ひとつつけない奥ゆかしい人は、じゃあどうしたらいいの？

「搭乗時間までまだ三十分あるな。免税店、ぐるっと回ってみるか」

イミグレーションの職員が二、三歩歩き出しもしないうちに、ジェインはにかっと笑って言った。私があきれていると、ヤツは上機嫌でたばこやら酒やら並んでいる免税コーナーにかけていった。買っていけば、留学生相手に売れるからね。

ジェインが免税店を見ている間、私は携帯電話で久しぶりに「豪州国《ホジュナラ》」っていう在オーストラリアの韓国人コミュニティのサイトに入った。国籍喪失申告をすべきか、すべきではないのかが気になって。私と同じような質問をしている人もいた。でも、答えはなかった。コメントがたくさんついていたけど、みんな市民権をとったなんて羨ましい、その情報を共有してほしい、メッセージ送りましたからご確認ください、とかそんな感じ。冗談なのか本気なのか、結婚していますか、まだだったら会いたいです、っていうコメントもあった。『豪州国』の掲示板は七年前も今も全く変わらない。ワーホラーと、留学生と、オーストラリア在住の韓国人がケンカして、そして領事館の職員が不親切だと文句を言いあう。ワーホラーたちは最低賃金も守らない韓国系の店主たちに向かって、そんな生き方で恥ずかしくないんですか、って突っかかって、店主たちはその金を払ってやっているのは誰だと思ってんだ、同胞の学生が困ってるのを助けてやってんだ、お前ら無責任だな恥を知れって言い返して。〈暗黒の全斗煥政権時代に狂った国を飛び出したオーストラリア在住者〉として毎日韓国を悪く言うおじさんは七年たっても変わってなかった。暗黒の全斗煥政権時代に狂った国を飛び出してオーストラリアに来たなら、そろそろ韓国のこと忘れなよ。英語ができないからって最低賃金を払わない店主さん、あんたたちはクズ。それから、インターネットで韓国系の悪口言ってるワーホラー、あんたたちはその時間にちょっと英語勉強したら？

飛行機に乗るときに、韓国の新聞を一部取っていった。政治面は飛ばして、経済コラムをじっくり読んだ。そういうところを読んでおくと、英語で勉強した経済用語や会計用語が韓国語で何になるのかわかって、役に立つんだよね。超低金利時代をどうやって生き抜くか、そんな内容が乗っていた。資産があるからって安心せずにキャッシュフローをうまく管理しろってアドバイスがあった。毎月百万ウォン（一〇万円）ずつ収入があるなら、七億ウォン（七千万円）の資産を持っているのと同じと考えていいんだって。

ここまで読んだとき、白人の乗務員が隣に来て食事はどうするか聞いてきた。何があるかたずねて、チキンにします、ビールもあったらもらえますか、と頼んだ。

食事の間、幸せもお金と同じではないかと考えた。幸せにも〈資産〉と〈キャッシュフロー〉がある。ある種の幸せは、何かを達成したときに得られる。そうするとそれを成し遂げたっていう記憶がずっと残って、人を長い間少し幸せにしてくれる。それが幸せの資産。そういう種類の幸せを大切にする人もいる。ジミョンがそんなタイプ。〈難関を突破して記者になった〉っていう記憶から毎日少しずつ幸福感がわいてくる。だから、遅くまで働いて、体がヘロヘロになってもほかの人よりも踏ん張ることができる。

その反対の人もいる。そんな人たちは幸せの金利が低くて、幸せ資産からの利子がほとんど発生しない。こんな人は幸せのキャッシュフローをたくさん創出しないといけない。それがエリー。彼女は文字通り瞬間瞬間を生きていた。

ここまで考えて、急に、たくさんの謎が解けたみたいだった。私はどうしてジミョンやエリーのように生きられないのか、どうして韓国にいたら幸せになれないって思ったのか。

私は、ジミョンともエリーとも違う。私には幸せの資産も、キャッシュフローも大切。でも、韓国では必要なだけの幸せのキャッシュフローを作り出すのが難しかった。私だって本能的にわかっていたみたい。この国の人たちの平均的な幸せのキャッシュフローレベルでは、暮らしていけない。一日一食で生きて行けって言われるのと同じでしょ、そんなのって。

ミヨンやウネにもこんな話を教えてやれたらいいのに。あの子たちは、完全に方向を間違えている。姑や自分の会社がどんなに憎くて、口汚く言ったところで幸せの資産もキャッシュフローも増えることはない。韓国の人たちは大部分、それを増やそうとしていない。幸せは大事に取っておいて、どこか深いところにしっかりとしまっておく。そして自分の幸せじゃなくて、他人の不幸を原動力にして一日一日踏ん張って生きている。家を買うために高額なローンを組んで、ひぃひぃ言っているのと同じでしょ、そんなの。

他人のことを少しでも不幸にしようとする人だっている。店でクレームをつけるとか、嫁をいびるとか、部下をいじめるブラック企業の上司とかも、そんな脈絡で考えればわかる。人を人とも思ってない態度。

私は、そんなふうに生きられない。そんなふうに生きたくもないし。

マジで笑える話なんだけど、実のところ、若い子たちがオーストラリアに来ようとする理由が、まさに人間らしく扱ってほしいからなんだって。皿洗いで暮らしても、オーストラリアがいい、ってこと。人間扱いしてくれるから。

韓国では首都圏の大学を出た子は地方大学の出身者を相手にもしないし、ソウルにある大学《インソウル》の出身者は首都圏大学を相手にしない、ソウル大《S》、高麗大《K》、延世大《Y》の子はインソウル出身者を、ソウル大出身者は高麗大、延世大出身者を無視するでしょ。だから、ソウル大に入らない限り、地方大出身者、首都圏大学出身者、インソウル大学出身者、高麗大延世大出身者は、みんな浪人したり、韓国を出たがったりする。きっとソウル大の中にだって、法学部が農学部を無視して、科学高校出身者が一般高校出身者を無視して、ってやってると思う。

ところで、そんな心根をどこかで直さない限り、どこに行っても同じ。オーストラリアに来ても、韓国系住民は留学生を無視して、留学生はワーホラーを無視してってやり方でキリがない。その心根を直そうとするなら、幸せの資産を少し手放して、キャッシュフローを創出すればいい。

忘れないうちに言っておこうと思って隣の席のジェインに、急いで幸せの資産とキャッシュフローについて説明してあげた。

「私は幸せのキャッシュフローがすごく大事なタイプなの。だから、一度優しくしたからって、これで何日か持つだろ、なんて考えたらだめだよ。ずっとさぼらずに優しくして、褒めて、おいしいものを食べさせてくれないとだめ。代わりに特別サービスしなくてもいい。記念日ごとのイベントとかしなくていいし。何のことかわかった?」

「うーん。わかった!」

親指を立ててわかったって言ったけど、信用できなかったな。

入国審査ゲートの職員は無表情にパスポートを受け取ってちらりとみると、スタンプを押した。

「ハブ　ア　ナイス　デイ」

パスポートを受け取りながら、そう言った。移民局の職員が首をかしげて少し笑った。今では「ハブ　ア　ナイス　デイ」が、シニカルな意味で使われることもあるってわかっている。アメリカでは主に店員たちが使う言葉で、イギリスやヨーロッパの人たちはこの言葉をちょっとあほらしいと考えるってことも。でも、私はこの口からこの挨拶が好きになった。その日その日の幸せのキャッシュフローを強調する言葉みたいで。

空港を出ると、ほどよく爽やかで、ほどよく温かい風が吹いていた。日差しはさんさんと降り注いで顔があげられなかった。サングラスをかけて、ひとり小さな声でつぶやいた。自分自身に。

「ハブ　ア　ナイス　デイ」

そして、心の中で決心した言葉を付け加えた。

絶対幸せになってやる、って。

訳者あとがき

二〇一五年、ＳＮＳを中心に若者の間で流行した言葉がある。〈ヘル朝鮮《チョソン》〉。地獄を意味するヘルと大韓民国ではなく前近代的なイメージをもつ朝鮮という言葉を組み合わせた自虐的な言葉は、働いても働けなくても生きづらく、未来にビジョンの持てない若者の閉塞感を反映した言葉だ。ちょうどそのころ韓国で刊行された『韓国が嫌いで』は閉塞感のその先を描いて二〇一五年一番の話題の本となった（出版社は『82年生まれ、キム・ジヨン』と同じ民音社で、「今日の若い作家」シリーズの一作というのも同じ）。

本作が初めての日本語訳となったチャン・ガンミョン（張康明）は一九七五年ソウル生まれ。日刊紙『東亜日報』の社会部で十一年の勤務経験を持つ元新聞記者だ。二〇一一年に『漂白』（未訳。以下同じ）でハンギョレ文学賞を受賞し作家活動を開始した。さかのぼれば学生時代からネット上でＳＦ小説を連載し、兵役中には長編を書いて文学賞に応募していたという。

『熱狂禁止、エヴァロード』（二〇一四年）で秀林《スリム》文学賞、『コメント部隊』（二〇一五年）で済州《チェジュ》四・三平和賞、今日の作家賞を『大晦日、またはあなたが世界を記憶する方式』（二〇一五年）で文学トンネ作家賞を受賞した。デビュー以来、単行本だけでも一六冊が発売されているが、取材力をいかした社会派の労働小説からSF恋愛小説まで内容も多岐にわたり、筆が早く多作で知られる。

精力的な創作の傍ら、現在はケーブルテレビ番組『本をお読みします』『外界通信』に出演し、さらにインターネット放送とポッドキャストではシンガー・ソングライターのヨジョとブックトーク番組を配信するなどマルチに活躍している。ちなみにヨジョは『人間失格』の主人公、大庭葉蔵《ようぞう》から名付けたことで知られ、現在は済州島に本屋を構える大の文学ファンだ。

『韓国が嫌いで』というタイトルは、韓国の書店に並んでいても十分に挑発的だ。もちろん特定の民族を差別・排外するようなヘイト本ではない。韓国社会を痛烈に批判しているのだが、だからといって日本スゴイ！　とはならない。主人公であるケナの、友人に話しかけるようなフランクで辛辣なおしゃべりを読んでいるうちに、私は自分の友人と話しているような気持になった。よその国のこととは思えなかった。さすがに日本ではどの家もがキムチを漬けるわけではないし、恋人を軍隊に送ったこともない。しかしケナが聞かせてくれる数々のエピソード、鎖骨の折れそうな満員電車、下ネタで盛り上がるセクハラ上司、低賃金で働く非正規雇用者、働く女性への無理解、白人コンプレックスと表裏のアジア人蔑視、そして何といっても気持ちに余裕がなく笑顔のない人たちのいる風景は、日本と全く変わらない。

　韓国では都会暮らしに疲れた若い人たちを中心に海外や済州島に行って一か月だけのんびり暮らすというひと月暮らし《ハンダルサルギ》が流行中だ。それだけストレス社会だということでもある。〈ヘル朝鮮〉の背景としてOECD加盟国中で最も高い韓国の自殺率が話題にのぼることがあるが、日本の自殺率も第三位と決して低くはない。男も女も生きづらく、そして女性のほうがもっと生きづらいという状況を女性主人公に語らせることで、この作品はフェミニズム小説として読むこともできるだろう。

　スニーカーで働いていて本社社員にケチをつけられるくだりは #KuToo を思い出す。この場合はどちらも女性で白人の本社社員と店舗採用の外国人労働者だが、いつでも抑圧は権力の高い方から低い方へと加えられる。そして多くの場合、女性は抑圧される側にいる。実際にこの『韓国が嫌いで』を読んでから著者が男性だと知って驚いたというレビューをいくつも見ることができる。

　占いによればケナは桃花殺《ドファサル》女なので、さまざまな男性と付き合っては別れる。それぞれの男性をふって、自分が縛られていたものを一つずつ蹴飛ばして前に進む。ケナに甘えるだけのソヒョンも、ケナを「キエーナ」と呼んでそのエキゾチックさに夢中の白人のダンも、アップデートされていない古い価値観そのものだ。女性は傷ついて自信を無くした男性のケアをして機嫌をとってあげるために存在するのではないし、ましてやアジアの女性が白人男性のアクセサリーとしてそこにいるわけではない。

しかしインドネシア人の富豪の息子、リッキーのプロポーズを断ったことで、自分の中にも西洋的価値観が残っていることに気づく。また作品の中では何度か、韓国に来た移住者たちが差別されていることを示唆する部分もある。自分たちが加害者にもなりうることをちらりと書き表すのは現代性を帯びた韓国文学らしい。

そして一番の大きな選択は、一度は戻りかけた元彼、自分のことを一途に思ってくれ、報道機関に勤めて十分な収入も家も車もあり、「礼儀正しくて、偉そうなところがなくて、目標がはっきりしていて、優しくて、責任感があって、社会に対して自分がどうやって貢献できるかなんていつも考えている」ジミョンを捨てて、アホのジェインを選んだことだ。ジミョンを選べば、経済的には安定するのはわかっている。しかし、ジミョンがどんなにいい人でもケナとジミョンは決して対等な関係にはなれない。ジミョンを選び、彼に守られることでケナは何かをあきらめることになる。

「なあ、僕のこと好きなんだろ?僕を愛してるならどこにも行かないで、僕のそばに、韓国にいるのはだめか?　オーストラリアに行くのがそんなに大事なのか？」

「あなただって私のこと好きなんでしょ。私を愛してくれるなら私についてオーストラリアに来るのはだめなの？　記者になるのがそんなに大事なの？」（四六ページ）は、ミラーリングのお手本のような見事な切り返しだ。ジェインは地方の三流大学出身で兵役拒否者だが、ケナの何も奪わない。

物語の中でケナは何度か立ち止まり、自分の考えを言葉で整理する。後半では彼女なりの幸福論が語られる。住居問題が何度も登場して下宿を営んでは手痛い失敗をしているが、経済的な成功を収めて大邸宅にすむのはケナらしくない。彼女の考えた自分の好きなもの、ケナの求める幸せは実にささやかなものだ。そして、その幸せはパートナーによってもたらされるのでも、社会の価値観に合わせて評価してもらうものでもない。幸せも自分の人生も国籍も、自分で選んで切り開いていいよというメッセージは、競争をするにも金がかかり逆転のチャンスなどないに等しい超格差社会へ疑問を投げかける。

著者のチャン・ガンミョンはテレビのインタビューで「あなたも韓国が嫌いですか」と問われ、自分は韓国が嫌いだと言ってはいけない既得権側の人間だと答えている。作品発表時に四十歳だった彼は、社会が〈ヘル朝鮮〉になっていく過程で、自分たちが何をしていたのか、〈ヘル朝鮮〉にしてしまった責任を認めるのが礼儀だともいう。この本を読み終わった人には「韓国が嫌い」、では、どうしようかと考えてみてほしいそうだ。ケナは、最初は「韓国が嫌いで」出ていくが、二度目には自分が幸せになるために出ていく。逃避する人生よりも、好きで何かをする方が何倍も健康的な生き方だとチャン・ガンミョンは語る。

本作では留学生としてオーストラリアに渡ってから永住権、市民権をとるまでの手続きがかなり具体的に語られる。英語を学び、英語の実力に合わせて仕事を変え、ビザのステータスも変わっていく様子がわかる。実際にオーストラリアの市民権を取得した韓国人は二〇一七〜二〇一八の年で二〇〇〇人を超え、国籍別にみると七番目に多い（豪州留学クラブHPより。日本は上位十カ国には入っていない）。もちろんオーストラリアが楽園というわけではなく、ケナも差別にあっている。市民権をとるためのテストもある。それでも、ここで語られる仕組みや、国民とは言わず、市民権を得るという言葉だけでも、二〇一九年の息苦しい日本よりはるかに公正《フェア》だ。

なお、翻訳に際しては、自身も翻訳家として大切な仕事をしているすんみさんの協力をいただき、大変心強かった。

『韓国が嫌いで』の準備をしながら、よい出版社に出会えたと言われることが何度もあった。挑発的なタイトルを素敵な本にしてくれたころからにお礼を申し上げたい。

吉良佳奈江

チャン・ガンミョン
張康明

一九七五年ソウル生まれ。延世大学都市工学科卒業後、新聞記者を経て作家に。社会批評からSFまで幅広い作品で知られ、韓国文学に新しい活気を吹き込んでいる。おもな作品に『コメント部隊』『大晦日、またはあなたが世界を記憶する方式』『われらの願いは戦争』など（いずれも未訳）。ハンギョレ文学賞、樹林文学賞、済州四・三平和文学賞、文学ドンネ作家賞などを受賞。本書が初邦訳となる。

吉良佳奈江
きら・かなえ

一九七一年静岡県生まれ。東京外国語大学日本語学科、朝鮮語学科卒。現在は東京外国語大学大学院博士課程在籍。おもな翻訳に『退社』（たべるのがおそい第7号所収）など。

韓国が嫌いで

2020年1月11日初版発行
1800円＋税

著者
チャン・ガンミョン

訳者
吉良佳奈江

翻訳協力
すんみ

装丁
安藤順

パブリッシャー
木瀬貴吉

発行
〒115-0045
東京都北区赤羽1-19-7-603
Tel 03-5939-7950
Fax 03-5939-7951
office@korocolor.com
HP http://korocolor.com
SHOP https://colobooks.com

ISBN 978-4-907239-46-6
C0097
mrmt

ころからの本

花ばぁば
クォン・ユンドク作、桑畑優香訳
一八〇〇円＋税　978-4-907239-29-9

増補版　沸点
ソウル・オン・ザ・ストリート
チェ・ギュソク作、加藤直樹訳、クォン・ヨンソク監修
一七〇〇円＋税　978-4-907239-35-0

本屋がアジアをつなぐ
自由を支える者たち
石橋毅史
一七〇〇円＋税　978-4-907239-41-1

九月、東京の路上で
1923年関東大震災ジェノサイドの残響
加藤直樹
一八〇〇円＋税　978-4-907239-05-3